무소유

나의 소중한 _____에게

비우면 충만하고
버리면 채워진다

무소유

뉴에디션 증보판

| 김세중 지음 |

스타북스

무소유란 아무것도 갖지 않는다는 것이 아니라 불필요한 것을 갖지 않는다는 뜻이다. 우리가 선택한 맑은 가난은 부보다 훨씬 값지고 고귀한 것이다.

행복은 결코 많고 큰 데만 있는 것이 아니다. 작은 것을 가지고도 고마워하고 만족할 줄 안다면 그는 행복한 사람이다. 여백과 공간의 아름다움은 단순함과 간소함에 있다.

사람은 본질적으로 홀로일 수밖에 없는 존재다. 홀로 사는 사람들은 진흙에 더럽혀지지 않는 연꽃처럼 살려고 한다. 홀로 있다는 것은 물들지 않고 순진무구하고 자유롭고 전체적이고 부서지지 않음이다.

우리 곁에서 꽃이 피어난다는 것은 얼마나 놀라운 생명의 신비인가. 곱고 향기로운 우주가 문을 열고 있는 것이다. 잠잠하던 숲에서 새들이 맑은 목청으로 노래하는 것은 우리들 삶에 물기를 보태주는 가락이다.

빈 마음, 그것을 무심이라고 한다. 빈 마음이 곧 우리들의 본 마음이다. 무엇인가 채워져 있으면 본 마음이 아니다. 텅 비우고 있어야 거기 울림이 있다. 울림이 있어야 삶이 신선하고 활기 있는 것이다.

행복할 때는 행복에 매달리지 말라. 불행할 때는 이를 피하려고 하지 말고 그냥 받아들이라. 그러면서 자신의 삶을 순간순간 지켜보라. 맑은 정신으로 지켜보라.

삶의 순간순간이 아름다운 마무리이며 새로운 시작이어야 한다. 아름다운 마무리는 지나간 모든 순간들과 기꺼이 작별하고 아직 오지 않은 순간들에 대해서는 미지 그대로 열어둔 채 지금 이 순간을 받아들이는 일이다.

내 소망은 단순하게 사는 일이다. 그리고 평범하게 사는 일이다. 느낌과 의지대로 자연스럽게 살고 싶다. 그 누구도, 내 삶을 대신해서 살아줄 수 없다. 나는 나답게 살고 싶다.

모든 것을 소유하고자 하는 사람은 어떤 것도 소유하지 않아야 한다. 모든 것이 되고자 하는 사람은 어떤 것도 되지 않아야 한다. 선한 일을 했다고 해서 그 일에 묶여있지 말라. 바람이 나뭇가지를 스치고 지나가듯 그렇게 지나가라.

우리는 필요에 의해서 물건을 갖지만, 때로는 그 물건 때문에 마음을 쓰게 된다. 따라서 무엇인가를 갖는다는 것은 다른 한편 무엇인가에 얽매이는 것, 그러므로 많이 갖고 있다는 것은 그만큼 많이 얽혀 있다는 뜻이다.

버리고 비우는 일은 결코 소극적인 삶이 아니라 지혜로운 삶의 선택이다. 버리고 비우지 않고는 새것이 들어설 수 없다. 공간이나 여백은 그저 비어있는 것이 아니라 그 공간과 여백이 본질과 실상을 떠받쳐주고 있다.

 성철 스님의 잠언록

내 마음 속에는 쇠말뚝이 하나 있습니다. 거기에는 이런 글귀가 적혀 있습니다.
'영원한 진리를 위해 일체를 희생한다.'
나는 진리를 위해 불교를 선택한 것이지, 불교를 위해 진리를 택한 것은 아닙니다. 참으로 진리에 살려면 세속적인 일체 명예와 이익은 다 버려야 합니다.

사람이란 물질에 탐닉하면 양심이 흐려집니다. 그렇기 때문에 어느 종교든지, 물질보다 정신을 높이 여깁니다. 부처님의 경우를 보더라도 호사스런 왕궁을 버리고 다 헤진 옷에 맨발로 바리때 하나 들고 여기저기 빌어먹으면서 수도하고 교화했습니다. 그리고 마지막에는 그 교화의 길에서 돌아가셨습니다. 철저한 무소유의 삶에서 때묻지 않은 정신이 살아난 것입니다.

사람들이 한 말씀이라도 해 달라고 산에까지 저를 찾아옵니다.
"그럼 내 말 잘 들어, 중한테 속지 말어. 나는 승려인데 스님한테 속지 말란 말이야."
이 한마디 말밖에 나는 할 말이 없습니다.

나는 본시 산중에 사는 사람이라 늘 대하는 것은 푸른 산, 흰 구름입니다. 푸른 산이 영원토록 변하지 않고 흰 구름이 자유로이 오고 가는 것을 보며 사는데, 거기에서 모든 것의 실체를 볼 수 있고 무궁무진한 변화도 보면서 살고 있습니다.

무엇보다 정신적으로 모든 것을 쉬어버렸습니다. 이것이 제일 중요한 것 같습니다. 뭐든 구하는 생각, 이것이 마음속에 들어있으면 아무리 섭생을 잘 해도 소용이 없겠지요. 그런 구하는 생각을 어느 정도 떨쳐버렸다고 생각합니다. 생각을 쉬고 사는 것이 건강에 도움이 된다고 생각합니다.

'이것이 있으므로 저것이 있고 이것이 생기므로 저것이 생깁니다. 이것이 없으므로 저것이 없고 이것이 죽으므로 저것이 죽습니다.'
이는 두 막대기가 서로 버티고 섰다가 이쪽이 넘어지면 저쪽이 넘어지는 것과 같습니다. 일체 만물은 서로 의지하여 살고 있어서, 하나도 서로 관련되지 않은 것이 없다는 이 깊은 진리는 부처님께서 크게 외치는 연기(緣起)의 법칙이니 만물은 원래부터 한 뿌리이기 때문입니다.

부처님은 이 세상을 구원하러 오신 것이 아닙니다. 이 세상이 본래 구원되어 있음을 가르쳐 주시려고 오신 것입니다. 자신을 바로 보아야 합니다. 시간과 공간을 초월하여 영원하고 무한한 자신 안에 모든 진리가 내재되어 있습니다. 참 나는 영원하므로 종말이 없는데, 참 나를 발견 못한 사람은 세상의 종말을 두려워하며 헤매고 있습니다. 욕심이 자취를 감추면 마음의 눈이 열려서 순금인 자신을 재발견하게 될 것입니다.

삶의 향기가 세상에 전해지길

우리에게 큰 스승이신 성철 스님이 입적하신지도 30년이 지났고, 법
정 스님이 입적하신지도 내년이면 15주기가 됩니다. 이 책 '무소유'는 삼
십 만부를 돌파하며 꾸준히 독자들의 사랑을 받고 있는 스터디셀러입니
다. 이에 독자들의 요청과 응원으로 2개의 장을 새로 증보하여 정리했습
니다.

성철 스님과 법정 스님은 불교계를 비롯한 우리 사회의 대표적인 스승
이셨습니다. 스스로를 맑고 향기롭게 삶의 진리를 구하던 두 스님의 모
습은 혼탁한 사회를 깨치는 종소리와도 같았고 두 분에 대한 존경과 신
뢰는 종교를 넘어서는 것이었습니다.

무소유의 화두를 던지시고 무소유의 삶을 몸소 실천하시다 가신 두 분
스님의 깨끗하고 향기로운 교훈들은 지금 다시 우리에게 절실하게 필요
한 때입니다. 따라서 우리는 두 분 스님의 행적과 말씀을 통하여 부끄러
운 삶을 돌아보고, 새삼 그분들의 행적을 떠올리면서 진정한 행복의 가
치란 무엇인지, 인생을 어떻게 살아야 하는지, 다시 한 번 생각해 보았으

면 합니다.

성철 스님은 모든 중생에게는 불성이 있다고 말씀하셨습니다. 중생은 사람만이 아니라 강아지, 구름, 돌멩이 등을 포함한 지상의 모든 것을 뜻합니다. 나뭇잎 하나에서 우주를 발견할 줄 아는 사람이라면 지상에 만물이 존재하는 이유를 알고 어느 것 하나 함부로 대하지 않게 될 것이라고 하시면서 깨우침을 얻기 위해 매사에 무심할 것과 침묵을 강조하셨습니다. 이때의 무심이란 막연하게 생각이 없는 상태를 뜻하는 것은 아닙니다. 스님은 진정한 마음의 평정을 얻은 사람이라면 조용함과 분주함을 모두 깨친 사람이라고 하셨습니다.

또한 스님은 소리가 넘쳐나는 곳에는 사람들의 공허함 역시 크다는 사실을 알았기에 수행에 있어 침묵을 중요하게 여기셨습니다. 고요함과 빛은 함께 흐르는 법이니 고요하기만 하고 비추지 못한다면 그것은 나무토막과도 같고, 비추기만 하고 고요하지 못한다면 들뜬 상념에 지나지 않다는 뜻입니다. 성철 스님은 침묵에 사물의 본성을 꿰뚫는 힘이 있음을 아셨습니다. 독자들도 침묵을 통해 사물의 본성에 다가가다 보면 그 사물에 깃든 불성을 밝혀내는 단계에 도달하게 될 것입니다.

법정 스님은 말의 의미가 잘 여물 수 있도록 자신을 고독하게 비워 내야 한다고 하셨습니다. 스님은 자신의 종교에서까지 자유로워져 어느 하나에도 얽매이지 않고 텅 비워 냈을 때 진리를 구할 수 있으며 그 해답을 얻기 위해서는 자신을 순수하게 들여다볼 줄 알아야 한다고 하셨습니다. 스님은 자신을 비워내며 나날이 새로워지는 것이 사람이니 어떤 사람에 대한 판단을 내릴 때도 신중해야 한다고 하셨습니다. 사람이란 항시 흘러가는 존재이니 그는 벌써 딴 사람이 되어 있을지도 모르기 때문입니다.

스님은 우리가 참선하여 궁극적으로 나아갈 삶에 대해 말씀하시면서 우리들의 목표는 풍부한 소유가 아니라 풍성한 존재라고 하셨습니다. 삶의 부피보다는 질을 중요하게 여기는 삶이야말로 사람다운 삶이라 하신 법정 스님은 우리에게 채우려 하지 말고 비워 내라 하셨습니다.

스님은 진리를 구하는 방식 그대로 생전에 종교를 초월하여 많은 분들과 교우하셨습니다.

이해인 수녀님은 세상을 떠나신 법정 스님의 영면을 기원하면서 이렇게 추모의 글을 쓰셨습니다.

"무소유의 삶을 실천하신 스님의 설법과 글들로
수많은 중생들이 위로 받으며
기쁨과 평화를 누리고 행복해하였습니다.
법정 스님! 스님을 못 잊고 그리워하는 이들의 가슴속에
자비의 하얀 연꽃으로 피어나시고
부처님의 미소를 닮은 둥근달로 떠오르십시오."

우리가 자신 안의 참 불성을 찾아가는 길, 그 구도의 궁극적 목표는 해탈일 것입니다. 해탈은 물질과 정신, 밖과 안 모두에서 벗어나 자유로워

지는 일일 것입니다. 어느 하나에도 얽매이지 않고 텅 비어 있는 비움이란 무슨 일을 하되 얽매이지 않는 의식이며 그것이 진정한 비움입니다. 비움은 어쩌면 삶의 틈새일지도 모릅니다. 우리는 공고한 삶의 형태를 지탱하며 살아갑니다. 하지만 어느 한구석 빈틈없이 꽉 막혀 채우기만 한다면 그 삶의 형태는 지속적이지 못할 것입니다. 우리는 삶의 틈새로부터 얻고 비우며 정화됩니다. 가을이 되어 맛있게 익은 감나무의 감 몇 개를 까치 몫으로 남겨 두던 우리 옛 선조들의 마음도 사람을 사람답게 만들어 주는 삶의 틈새였을 것입니다.

이렇게 비우고 비우는 참선이란 뜻밖의 곳에 있지 않으며 특별히 따로 생각하고 시간을 내어 행하는 것이 아닙니다. 우리가 살아가는 생활 속에서 자연스럽게 이루어지는 비움이야말로 자유로운 해탈의 세계로 다가가는 지름길입니다.

성철 스님과 법정 스님은 두 분 모두 고독의 끝까지 가 자신을 발견하고 침묵 속에서 무심히 비움으로써 행복과 합일하였을 것입니다. 그렇게

긴 침잠의 시간 속에서 얻은 깨달음을 두 스님은 대중들에게 설법하고자 했습니다. 이 책은 진리와 세상 사람들 사이에 다리가 되고자 하셨던 두 분 스님의 행동과 말씀에서 우러나온 진정한 삶의 지혜와 무소유에 담겨 있는 행복의 향기를 찾아 아직도 혼탁한 세상을 살아가는 모든 이들과 함께 여행을 떠나고자 합니다.

여기, 고무신 한 켤레와 헤진 두루마리 한 벌이 놓여 있습니다.

2024년 부처님 오신 날을 기다리며

김세중 드림

1 무소유의 행복

2 인생의 아름다움

3 색즉시공의 진리

4 사회의 구원을 위하여

5 만남은 시간으로 깊어집니다

6 하나로 연결된 우리입니다

7 해탈의 길

1 무소유의 행복

물욕을 버리면 낙원이 보입니다

영원한 진리를 위해 일체를 희생하세요

수도를 하려면 가난을 배우세요

철저한 무소유에서 때묻지 않은 정신이 살아납니다

욕심을 버리면 진리의 본모습이 보입니다

조주(趙州) 스님은 철저한 무소유의 수도인입니다

나를 찾지 말고, 부처님을 찾으세요

나는 산중에서 모든 것의 실체를 볼 수 있습니다

물욕을 버리면 낙원이 보입니다

차라리 도(道)를 지키다가 빈천 속에서 죽을지언정, 도에서 벗어난 짓을 하며 남의 것을 탐내고 부귀를 누려 사는 일이 없도록 해야 한다. 만일 그렇게 되면 무간지옥에 떨어지게 된다.

〈육도집경〉

언제나 연말이 되면 언론에 자주 미담(美談)이 소개되어 잠시나마 추위를 잊게 합니다. 특히 올해는 늦더위가 기승을 부리다가 가을을 건너 뛰어 곧바로 겨울을 맞이해서 그런지 유독 추위가 더합니다. 이럴 때면 훈훈한 정이 그리워집니다. 정작 나 자신은 주변에 따스한 관심과 애정을 변변히 주지 못했지만, 연말이 가까워 오면 유난히 누군가로부터 따스한 정을 받고 싶습니다.

오늘 나는 식당 한켠에서 신문을 펼쳐 보다가 가슴 뭉클해지는 기사 한 토막을 발견했습니다. 〈70대 할머니 전 재산 카톨릭학원에 기부〉, 실내에 들어와서도 목도리를 풀지 않았던 나는 자연스레 몸이 더

워지는 느낌에 목도리를 풀어 의자에 걸쳐놓았습니다.

할머니는 평생 파출부 노릇, 하숙집 등을 하며 모은 15억원 상당의 상가건물을 카톨릭학원 측에 기증했다고 합니다. 할머니는 "나는 제대로 못 배웠지만 형편이 어려워 공부할 기회를 갖지 못하는 학생들을 위해 써달라."고 말했습니다. 더욱 감동적인 일은 할머니의 자녀들이 할머니의 뜻을 흔쾌히 허락했다는 것입니다. 할머니는 자녀들에게도 고마움을 표했습니다.

한 평생 모은 전 재산을 사회단체나 교육기관에 희사하는 일은 결코 쉽지 않습니다. 대부분은 부를 축적하는데 인생의 목적을 두고 있고, 또 그 부를 잣대로 사람의 인격과 행복을 평가합니다. 때문에 부는 죽는 순간까지 손에서 재산을 놓지 않을 뿐만 아니라 죽고 난 뒤에도 자신의 후손에게 물려줍니다. 이만큼 부는 우리 삶에서 절대적인 위치를 차지합니다.

그런데 할머니는 평생 피땀 흘려 모은 전 재산을 자신의 자녀에게는 한푼도 물려주지 않고 사회에 환원하였습니다. 쉽게 번 돈은 그만큼 어렵지 않게 내놓을 수도 있겠지만, 갖은 고생을 다해서 모은 재산을 선뜻 사회에 환원하기란 여간 쉬운 일이 아닙니다. 한 푼 한 푼에 한 사람의 세월이 깃들어 있기 때문입니다. 세월을 고스란히 바쳐 재산을 모았다고 해도 지나치지 않을 것입니다.

할머니의 선행을 보면서 나는 성철 스님의 말씀을 떠올렸습니다.

먹물먹인 두루마기를 손수 기워 입으며 철저히 무소유의 삶을 살다 간 성철 스님. 스님은 그 유명한 장좌불와(長坐不臥)와 동구불출(洞口不出)을 실천했습니다. 8년 동안 밤에 한번도 눕지 않고 참선을 했고, 10년 동안 자신이 거처하는 곳 주위에 철조망을 치고 경전을 독파하였습니다. 무소유를 말하는 철학자, 종교인은 많지만 몸소 자신의 생을 철저히 무소유로 일관한 경우는 찾아보기 힘든 게 사실입니다.

최근에는 책으로 무소유를 주장했던 법정 스님이 세상을 떠났습니다. 법정 스님은 입적하면서 자신의 모든 저서의 판매를 금지할 것을 유언했습니다. 세상에 올 때 그대로 떠나기를 원했던 스님의 말과 실천에 사람들은 감동을 받았습니다. 스님은 말로만이 아니라 행동으로 무소유를 보여주었기에 세인들에게 귀감이 되고 있습니다.

불교에서 삼생(三生)은 태어나기 이전의 세상인 전생(前生), 지금 살고 있는 세상인 금생(今生), 죽은 이후의 세상인 후생(後生)을 말합니다. 우리 인간은 이 삼생을 겪게 되는데, 물욕은 현재의 삶에만 영향을 미치는 게 아니라 전생과 더불어 후생에까지 영향을 미칩니다. 또한 그 영향은 말할 것도 없이 우리 생을 좌우하는 것입니다.

성철 스님은 이처럼 우리 생을 망치는 물욕을 '원수'라고 지칭할 만큼 한치의 미련 없이 부정했습니다. 스님 자신은 그래서 두루마기와

버선, 고무신 한 켤레가 전 재산인 셈이었습니다. 그마저도 스님이 금생을 마쳤을 때 저 자신의 소유가 아닌 것이 되어버렸습니다. 법정 스님의 입적 모습도 성철 스님의 모습과 닮았습니다.

사람 나이 70, 금생의 시간으로 치면 막바지에 다다른 셈입니다. 그 나이가 차도록 한 푼 두 푼 모은 돈을 아낌없이 종교단체의 교육기관에 기부한 할머니와 평생을 무소유의 삶을 살다간 성철 스님은 닮았습니다. 할머니가 불교를 믿었는지, 카톨릭을 믿었는지는 중요하지 않습니다. 전생과 금생과 후생이 있는지, 없는지도 중요하지 않습니다. 현재 삶 속에서 물질에 얽매이지 않고 온전히 맑고 투명한 생의 빛을 발하느냐, 발하지 않느냐 그것이 중요합니다.

가령, 써도 써도 탕진되지 않는 공기처럼 이 사회에 물질이 풍부하게 널려있다면 우리 인간의 삶은 어떻게 변하게 될까요? 물질에 대한 욕구가 없어 서로 경쟁을 할 필요가 없다면 우리 삶은 비로소 진정한 본래의 모습을 되찾지 않을까요?

지금 세상은 제한된 물질을 놓고 서로 차지하려고 아옹다옹하고 있습니다. 그렇게 해서 차지한 물질이나 부에도 만족하지 않고 또 더 늘리기 위해 상품을 만들어 시장에 내놓고 팔고 있는 게 현재의 자본주의 사회입니다. 철학, 종교, 미학, 예술, 문학, 과학 등이 애초에 표방하고 있는 '진리에 대한 추구 정신'은 '이윤에 대한 추구 정신'으로 전

도되어버렸습니다.

이 사회는 물질에 대한 소유의 집착을 최고의 선이라고 우리에게 속삭입니다. 소유의 집착에 의해 우리 생의 진정한 가치를 잃어버리는 것이면서 말입니다.

점점 각박해져 가는 사회가 되면서 성철 스님의 무소유의 정신이 더욱 그리워집니다. 소유의 집착으로 괴로워하는 사람들의 가슴이 환해지도록 날마다 맑은 생각이 사회를 지배하기를 소망해 봅니다.

영원한 진리를 위해 일체를 희생하세요

한 그루의 나무를 자르지 말고 욕망의 숲 전체를 잘라라. 위험은 욕망의 숲에서 생긴다.
욕망의 숲과 잡목을 자르고, 욕망에서 벗어난 자가 되어라. 그리고 영원한 자유를 찾으라.

〈법구경〉

요즘 어렵지 않게 들을 수 있는 말 중에 하나가 '주객전도(主客顚倒)'
일 것입니다. 이 말은 말 그대로 주인과 손의 위치가 뒤바뀌는 것을
의미합니다. 사물의 중요성에 따른 차례가 뒤바뀐 것을 말합니다. 이
러한 말이 근래 자주 우리 귀에 들려오는 까닭은 그만큼 이 시대가 심
한 가치의 혼란을 겪고 있다는 것을 뜻할 것입니다.

대표적으로, 사람보다 돈이 더 우선시 되는 현재의 황금만능주의
사회를 꼬집을 때 '주객전도'라는 말이 쓰입니다. 사람과 사람의 행복
한 생을 위해 도구로써 필요한 것이 돈이지만 이제는 그와 반대로 오
로지 돈을 축적하기 위해 생을 탕진할 뿐만 아니라, 타인의 권리를 침
해하기까지 되었습니다. 이러한 인간과 돈의 가치 전도 현상은 이 사

회의 온갖 부정과 비리와 모순 중에서도 가장 앞에 서는 것입니다.

성철 스님도 우리 사회의 가치전도 현상을 꼬집는 듯합니다. 스님은 진리를 위해 불교를 선택한 것이지 불교를 위해 진리를 선택한 것이 아니라고 합니다. 흔히 종교인은 자신의 종교와 진리를 혼동하는 경우가 있습니다. 자신이 믿는 종교만이 진리요, 다른 종교는 진리가 아니라는 생각을 갖고 있습니다. 무슨 무슨 신만이 유일한 진리라는 주장이 나오면, 다른 종교들은 모두 거짓이 되고 맙니다.

그런데 성철 스님은 불교도 진리 추구를 위한 방편이라고 말합니다. 불교 그 자체가 목적이 아니라 그보다는 진리가 자신의 목적이라고 말합니다. 진리에로 가는 가장 적합한 길이 불교라는 것입니다. 이렇게 보면 성철 스님은 불교 외의 다른 종교도 인정하는 것입니다.

기독교나 이슬람교도 다 그것을 믿는 사람에게는 진리를 추구하는 사람의 방편이 되기 때문에, 그것들 나름의 가치가 있다고 인정하는 것입니다.

그리고 일단 진리를 추구하려는 결심이 섰다면 그 이외의 것은 한 줌의 모래처럼 다 버리는 자세가 있어야 할 것입니다. 자기가 믿는 종교만이 진리라고 주장하는 종교인들은 알고 보면 세속적으로 갖은 부와 명예 그리고 권력을 누리고 있지는 않을까요?

오로지 자신의 종교만 진리라고 우기고 다른 종교를 부인하면 그 자체만으로 이미 '권력'을 추구하는 셈일 것입니다. '권력'은 중심과 주변을 나누는 흑백논리에서 생겨납니다.

다른 종교들도 너그러이 인정하는 태도 그 자체가 이미 세속적인 집착을 떨쳐버린 것을 의미합니다. 세속적인 욕심을 완전히 떨쳐버렸으니, 다른 종교도 온전히 포용할 수 있을 것입니다. 성철 스님은 특정 종교가 아니라 진리 그 자체를 택함으로써 세속적인 집착을 완전히 버릴 수 있었습니다.

법정 스님이 입적하면서 또 화제가 된 것은 스님과 이해인 수녀와의 교류였습니다. 자신이 믿는 종교도 중요하지만 타 종교를 인정하는 모습은 세상으로 열린 마음의 발로입니다. 세인들의 존경을 받는 이들은 대부분 이렇게 열린 마음의 소유자였습니다.

수도를 하려면 가난을 배우세요

어떤 것이 진정한 사문(沙門:출가한 스님)인가. 사문에는 네 종류가 있다. 겉모양만 그럴듯한 사문, 점잖은 체하면서 남을 속이는 사문, 명예와 칭찬만을 추구하는 사문, 진실하게 수행하는 사문이다. 앞의 세 사문은 사이비이고 맨 나중의 사문이 진실한 사문임은 더 말할 나위 없다.

그렇다면 진실하게 수행하는 사문이란 어떤 사람인가. 그는 몸이나 생명에 대해서도 바라는 것이 없는데 하물며 자기 이익과 존경이나 명예에 대해서 바라겠는가. 열반도 원하지 않으면서 청빈한 수행자의 생활을 한다. 진리에 귀의하고 사람에게 귀의하지 않는다. 번뇌로부터 해탈을 안으로 구하고 밖으로 찾아 헤매는 일이 없다. 미혹의 바다에서 자기 자신을 성(城)으로 삼고 타인을 성으로 삼지 않는다. 모든 존재의 본성이 열반의 상태에 있음을 알아, 윤회에 유전하지도 않고 열반에 안주하지도 않는다.

〈보적경〉

평생, 가난을 벗삼아 살다간 성철 스님을 보면 저절로 '청빈(淸貧)'의 의미를 되새기게 됩니다. 그냥 못 먹고 헐벗은 것이 아니라 의식주 그 자체에 대한 욕심이 없는 상태에서 마음의 평화를 유지하는 것이 진정한 가난이요, 그야말로 '청빈(淸貧)'이라 할 수 있을 것입니다.

청빈은 그저 맑은 가난이 아니라, 그 원뜻은 나눠 가진다는 뜻입니다. 청빈의 상대 개념은 부가 아니라 탐욕입니다. 한자로 '탐(貪)'자는 조개 '패(貝)' 위에 이제 '금(今)'자이고, 가난할 '빈(貧)'자는 조개 '패(貝)' 위에 나눌 '분(分)'자입니다. 탐욕은 화폐를 거머쥐고 있는 것이고, 가난함은 그것을 나눈다는 뜻입니다. 따라서 청빈이란 뜻은 나눠 갖는다는 뜻입니다.

옛사람들은 찢어지게 가난한 생활 가운데서도 아주 편안한 마음으로 도를 즐길 줄 알았습니다. 마음의 안정과 여유를 잃지 않고 살았습니다. 의식주가 풍족하고 명예까지 누릴 수 있다면 일단은 행복하다고 여기는 게 속인의 행복관입니다. 때문에 안빈낙도(安貧樂道: 가난에 개의치 않고 성인의 도를 좇아 즐겁게 삶)를 추구한다면 확실히 보통 사람이 아닐 것입니다.

공자가 총애했던 제자 안회는 어찌나 열심히 학문을 익혔는지 나이 스물 아홉에 벌써 백발이 되었다고 합니다. 특히 덕행이 뛰어나 공자도 그로부터 배울 점이 많았다고 합니다. 그런데 한가지 아쉬운 것은 너무 가난하였다는 점이었습니다. 그래서 일생 동안 끼니도 제대로 잇지 못했고, 지게미조차 배불리 먹어보지 못했다고 합니다. 하지만 그는 그런 외부의 환경을 탓하거나 자신의 처지를 비관한 적이 한 번도 없었습니다. 오히려 주어진 환경을 순순히 받아들이고 성인의 도를 추구하는데 열심이었습니다. 그래서 공자는 이렇게 말했습니다.

"변변치 못한 음식을 먹고 누추하기 그지없는 뒷골목에 살면서도 아무런 불평이 없구나. 가난을 예사로 여기면서도 여전히 성인의 도 좇기를 즐겨하고 있으니 이 얼마나 장한가."

그러나 그런 안회였지만 서른 한 살에 요절하고 말았습니다. 공자가 그를 높이 평가한 까닭은 그의 학문에 대한 사랑과 안빈낙도(安貧樂道)의 생활 자세에 있었습니다.

원불교 교조 소태산 대종사(박중빈)는 안빈낙도의 뜻을 다음과 같이 설명했습니다.

"무릇, 가난이라 하는 것은 무엇이나 부족한 것을 이름이니, 얼굴이 부족하면 얼굴 가난이요, 학식이 부족하면 학식 가난이요, 재산이 부족하면 재산 가난인 바, 안분이라 함은 곧 어떠한 방면으로든지 나의 분수에 편안하라는 말이니, 이미 받는 가난에 안심하지 못하고 이를 억지로 면하려 하면 마음만 더욱 초조하여 오히려 괴로움이 더하게 되므로, 이미 면할 수 없는 가난이면 다 태연히 감수하는 한편 미래의 행복을 준비하는 것으로 낙을 삼으라는 것이니라. 그런데, 공부인이 분수에 편안하면 낙도가 되는 것은 지금 받고 있는 모든 가난과 고통이 장래에 복락으로 변하여질 것을 아는 까닭이며, 한 걸음 나아가서 마음 작용이 항상 진리에 어긋나지 아니하고, 수양의 힘이 능히 고락을 초월하는 진경에 드는 것을 스스로 즐기는 연고라. 예로부터 성자철인이 모두 이러한 이치에 통하며 이러한 심경을 실지에 활용하셨으므로 가난하신 가운데 다시없는 낙도 생활을 하신 것이니라."

무소유 속에서 수도를 했던 성철 스님은 '출가(出家)'에 대해 말씀하면서도, 무소유를 강조하십니다. '출가(出家)'하려는 자는 자기 자신에 대한 소유마저 버리라고 하십니다. 진정한 수도를 하기 위한 출가는 자기 자신을 버리는 것이라고 합니다.

"출가라 하면 문자 그대로 집을 버린다, 가정을 떠나고 가족을 등진 다는 말입니다. 조그마한 가정과 가족을 버리고 큰 가족인 국가와 사회를 위해서 사는 것을 의미합니다. 출가의 근본 정신은 자기를 완전히 버리고 일체를 위해서 사는 데 있습니다. 자기 중심이 되어 산다면 그것은 출가(出家)가 아니라 재가(在家)입니다. 출가자가 자기 중심에 빠지게 되면 거기에 온갖 부정과 갈등과 분쟁이 생기게 됩니다. 자기를 버리고 일체를 위해 사는 정신으로 불교를 배우고 또한 펼치는 것이 불교의 근본 사상입니다."

법정 스님의 무소유는 나눔에서 비롯되었습니다. 스님은 책을 써서 많은 인세 수입을 얻었습니다. 소유욕이 있었다면 엄청난 부를 축적하고 풍요로운 삶을 살 수 있었습니다. 그런데 스님은 그 부를, 공부를 하고 싶지만 가난해서 공부할 수 없는 학생들에게 장학금으로 주었습니다. 스님이 떠난 자리에는 평소에 아꼈던 『어린왕자』와 같은 순수를 깨우쳐 주는 책들 외에 다른 유산이 별로 없었다고 합니다. 무소유는 채워진 것을 다른 이들과 나누어서 비우는 것임을 스님은 깨우쳐 주었습니다.

철저한 무소유에서
때묻지 않은 정신이 살아납니다

그는 세상에서 아무것도 가진 것이 없다. 그렇다고 무소유를 걱정하지도 않는다. 그는 모든 사물에 이끌리지 않는다. 그는 아무것에도 머무르지 않고 사랑하거나 미워하지 않는다. 또 슬픔도 인색함도 그를 더럽히지 않는다. 마치 연꽃에 진흙이 묻지 않는 것처럼. 그는 참으로 '평안한 사람'이다.

〈숫타니파타〉

말로는 청빈하게 살겠노라고 하기 쉽습니다. 또한 청빈하게 사는 사람을 보고 흠모하거나 동경하기는 쉽습니다. 그러나 자신이 직접 청빈의 삶을 살아가기란 결코 쉬운 일이 아닙니다.

간간이 국내·외에서 혼자 물질적 소유를 완전히 버린 채, 종교적인 수행을 하는 사람들이 소개되어 우리의 관심을 이끌곤 합니다. 외국인으로는 베스트셀러 작가로 알려진 틱낫한 스님이 있고, 한국에는 법정 스님이 있습니다. 하지만 이들보다 더 투철하게 무소유의 삶을 살다 간 사람이 성철 스님입니다.

평생 무소유의 삶을 살다간 성철 스님의 일화를 소개하겠습니다.

이 글은 정찬주 작가의 글에서 옮긴 것입니다.

스님께서 해인사 백련암에 계실 때였습니다. 어느 날 시자가 공양을 준비하던 중에 무심코 썩은 당근 뿌리를 쓰레기통에 버린 일이 있었습니다. 스님께서 부엌을 지나시다가 쓰레기 통을 보시고는 호통을 쳤습니다.

"이 당근 누가 버렸노?"

시자는 당황해서 이렇게 말했습니다.

"썩은 것 같아서 버렸습니다."

그러자 스님께서 기가 막힌 얼굴을 하시고 말씀하셨습니다.

"이 녀석아. 이 당근은 너의 것이 아니라 신도들의 것이여. 밥알 하나가 버려지면 그 밥알이 다 썩어 흙이 될 때까지 불보살이 합창하고 있는 것이여. 당장 썩은 부분만 도려내고 나머지는 찬으로 쓰도록 해."

그러자 시자의 눈에는 푸들푸들하고 거무죽죽하게 썩은 당근이 보였습니다.

"당근 뿌리 썩은 것을 버렸는데 무얼 그리 야단이십니까?"

이윽고 스님께서는 불같이 화를 냈습니다.

"썩은 배춧잎 하나도 이리저리 발겨서 쓰는 게 불가의 법도인 줄 몰랐더냐?"

아무 말도 못하고 쩔쩔매고 있는 시자가 안쓰러웠던지 스님께서는 그렇게 말씀하시곤 자리를 떠나셨습니다.

봉암사 시절에는 이런 일도 있었습니다. 하루는 스님께서 우연히 요사채 하수구를 보게 되었습니다. 하수구에는 물이 미처 빠지지 못한 채 고여 있었습니다. 그런데 미처 빠지지 못한 물에 동동 뜬 몇 방울의 참기름이 문제가 되었습니다. 스님은 요사채에서 일하던 한 스님을 불렀습니다.

"저게 무엇인가?"

"하수구에 버린 물입니다."

"니 눈에는 물만 보이노. 더러운 물만 보이노."

스님의 불호령이 떨어졌습니다. 스님은 그 젊은 스님을 거세게 밀쳤고 젊은 스님은 발랑 나자빠졌습니다. 다시 일어난 스님을 보고 성철 스님은 또 물었습니다.

"니 눈에는 정말 아무 것도 안 보인단 말이가?"

그제야 그 스님은 눈을 휘둥그레 뜨고 몇 방울의 참기름을 발견하고는 말했습니다.

"네. 스님. 참기름이 떠 있습니다."

"그래 이 당달봉사 같은 놈아. 지금 당장 양동이를 가져 오그래이."

"무엇에 쓰시려고 양동이를 가져오라 하십니까?"

"공양 밥통을 가져오란 말이다."

젊은 스님은 더 묻지 못하고 놋쇠로 만든 양동이를 가져 왔습니다. 그러자 스님께서는 두말 않고 이렇게 지시하는 것이었습니다.

"하수구 물을 퍼 담그래이."

양동이에 하수구 물이 반쯤 찼을 때, 스님께서는 목탁을 일정한 간격으로 세 번씩 쳐 큰 방에 대중을 모이게 했습니다. 그리고는 대중이 빙 둘러 앉자, 각자의 바루에 똑 같은 분량으로 하수구 물을 나누게 하였습니다.

"저 스님이 잘못한 게 아니라 우리가 지도를 잘못해서 시물을 버렸다. 그러니 다같이 마시자는 것이야."

욕심을 버리면 진리의 본모습이 보입니다

욕심과 분노와 어리석음, 거만함은 마치 네 개의 독화살과 같아서 모든 병을 일으키는 근본이 된다. 또한 밖에서 오는 독화살은 막을 수 있지만 안으로부터 오는 독화살은 막을 수 없는 것이다.

〈아함경〉

수세기 전부터 내려오는 많은 문학 작품은 욕심이 한 인간을 파멸에 몰고 간다는 사실을 여실히 보여줍니다. 우리나라의 고대소설 『흥부전』은 욕심 많은 한 인간이 나중에는 벌을 받는다는 인과응보의 법칙을 가르쳐줍니다. 셰익스피어가 쓴 『베니스의 상인』을 보면 욕심 많은 한 사람이 몰락에 이르는 과정을 낱낱이 알 수 있습니다.

너무나 유명한 『베니스의 상인』의 대강의 줄거리는 다음과 같습니다. 베니스의 상인 안토니오는 친구 바사니오로부터 벨몬트에 사는 포샤에게 구혼하기 위한 여비를 마련해 달라는 부탁을 받고, 가지고 있는 배를 담보로 유대인 고리대금업자 샤일록으로부터 돈을 빌립니다. 그리고 안토니오는 돈을 갚을 수 없을 때에는 자기의 살 1파운드를 제공한다는 증서를 써 줍니다.

포샤는 구혼자들에게 금·은·납의 세 가지 상자를 내놓고 자기의 초상이 들어 있는 것을 선택하게 했습니다. 바사니오는 납으로 된 상자를 골라잡아 구혼에 성공합니다.

그러나 안토니오는 배가 돌아오지 않아 생명을 잃을 위기에 처하게 됩니다. 하지만 남장을 한 포샤가 베니스 법정의 재판관이 되어, 살은 주되 피를 흘려서는 안 된다고 선언함으로써 샤일록은 패소하여 재산을 몰수당하고 그리스도교로 개종할 것을 명령받습니다. 그 후 안토니오의 배는 돌아오고 샤일록의 딸 젠카도 애인 로렌조와 결혼합니다.

이처럼 동·서양 양자에서 욕심은 악으로 여겨지고 있음을 알 수 있습니다. 하지만 실제 사회에서는 언제나 욕심 많은 부자나 권력자가 선량하고 가난한 사람들에게 횡포를 부렸습니다.

성철 스님은 욕심 때문에 인간이 진리의 본모습을 볼 수 없다고 했는데, 과연 불교에서 말하는 욕심은 어떤 것일까요? 불교에는 욕망을 다음처럼 말하고 있는데, 이것은 크게 보면 성철 스님이 말한 욕심과 상통할 것입니다.

불교에서는 오관 및 그 열락을 가리키는 5종의 욕망을 설명하고 있습니다. 눈·귀·코·혀·몸의 다섯 가지 감각기관, 즉 오근이 각각

색(色)·성(聲)·향(香)·미(味)·촉(觸)의 다섯 가지 감각 대상인 오경(五境)에 집착하여 야기되는 5종의 욕망, 또한 오경을 향락하는 것을 말합니다. 대체로 세속적인 인간의 욕망 전반을 뜻합니다. 인간의 다섯 가지 감각 대상 그 자체는 욕망이 아니지만 욕망을 일으키는 원인이 되므로 오경도 오욕이라고 부릅니다. 또 재욕(財慾)·식욕(食慾)·성욕(性慾)·명예욕(名譽慾)·수면욕(睡眠慾)의 다섯 가지도 오욕이라고 말합니다.

이처럼 불교에서는 인간의 욕심(욕망)을 다섯 가지로 나누고 있습니다. 이것 때문에 우리 인간은 진리의 참 모습을 보지 못하고 진흙탕 속에 얼굴을 처박고 있는지도 모릅니다. 세상의 참 모습이야말로 진리 그 자체일 텐데, 우리 인간은 다섯 가지 욕심(욕망)으로 그 실상을 제대로 볼 수 없게 된 것입니다.

이런 점에서 다시 한번 성철 스님이나 법정 스님이 일생을 통해 보여준 무소유의 삶만이 진리를 볼 수 있는 유일한 길이라는 것을 확인해야 할 것입니다. 적당한 소유와 알맞을 정도의 욕망을 누리면서는 결코 진리의 참 모습을 볼 수 없다고, 성철 스님은 자신의 삶으로써 몸소 보여주셨습니다.

예수도 인간의 욕심(욕망)을 다음처럼 경계하고 있습니다.

"부자가 하느님 나라에 들어가는 것보다 낙타가 바늘귀를 빠져나가는 것이 더 쉬울 것이다."

무소유는 법정 스님의 말씀처럼 자신에게 꼭 필요한 것 이상을 소유하는 것을 말합니다. 온전히 아무것도 갖지 않고 살 수는 없습니다. 그런데 우리는 필요 이상의 것을 가지려는 욕망에 집착하고 있습니다. 성철 스님이나 법정 스님의 모습처럼 우리도 소유할 것과 나눠야 할 것을 구분하며 살 줄 알아야 할 것입니다.

조주(趙州) 스님은
철저한 무소유의 수도인입니다

무엇을 굴레라 말하고 무엇을 족쇄라 말하는가? 육신은 나를 얽어내는 굴레다. 육신
의 욕구와 욕망은 정신을 얽어매는 굴레다. 이와 같이 감정과 생각에 매달림. 그리고
자기 중심적 사고도 우리를 얽어매는 굴레요 족쇄다.

〈아함경〉

"차나 한잔 들고 가게나."

이 화두(話頭)로 유명한 사람이 바로, 조주(趙州) 스님입니다. 조주
스님은 장사와 더불어 남전의 수제자입니다. 그의 속성은 학씨이고,
당나라 때인 778년에 조주의 학향에서 태어났으며, 아주 어린 나이로
입산하여 열네 살 때 스승 남전을 만났습니다.

어느 날 남전이 낮잠을 자다 깨어보니 옆에 사미승 하나가 있었습
니다. 남전이 깨어나자마자 사미승은 고개를 숙여 넙죽 인사를 했습
니다. 사미승이 자신은 서상원에서 왔다고 하자, "거기서 부처님 꼬리
라도 보았느냐?" 하고 남전이 장난기 어린 질문을 했습니다.

그러자 사미승이 "부처님 꼬리는 못 보고 누워있는 부처는 보았습니다."하고 말했습니다. 누워있는 부처란 바로 남전 자신을 말하는 것이었습니다. 그리고나서 남전이 "네 스승이 있느냐?"고 물었습니다. 그러자 사미승이 남전에게 넙죽 엎드려 절을 했습니다.

이렇게 해서 남전은 조주를 40여 년 데리고 있으면서 가르침을 주었다고 합니다. 40년 동안 남전을 수발하다가 스승이 죽은 뒤부터 조주스님은 본격적으로 가르침을 시작했습니다. 그리고 897년 120세를 일기로 세상을 떴으니 선승들 중에서 가장 오래 살았습니다.

조주(趙州) 스님은 검소한 생활로 자기를 다스렸으며, 절개가 꿋꿋하여 왕이 찾아와도 자리에서 일어나지 않았다고 합니다. 또한 그의 가르침은 짧고 순간적이라서 웬만한 사람은 그에게 가르침을 받을 엄두도 내지 못했다고 합니다. 그에 관한 이야기는 『송고승전』 11권, 『조당집』 18권과 그의 어록에 전해지고 있습니다.

조주 스님의 '무소유의 철학'의 일단을 엿볼 수 있는 일화가 있습니다.

한 스님이 조주 스님을 찾아와 절을 하며 말했습니다.

"빈손으로 왔습니다."

그러자 조주 스님은 엉뚱하게도 이렇게 말했습니다.

"그럼 내려놓게나."

'내려놓긴 뭘 내려놓으라는 겐가. 소문하곤 달리 꽤 물질을 밝히시는구먼.'

그가 붉게 달아오른 얼굴로 말했습니다.

"빈손으로 왔는뎁쇼."

조주 스님이 다시 말했습니다.

"그럼 계속 들고 있게나."

"……?"

조주 스님은 인사치레로 뭘 가지고 와야 된다는 형식이나 의례에 얽매여 생겨난 미안한 마음마저 부정하고 있습니다. 보통 사람이면 빈손으로 오는 것 자체에 만족할 수 있을 것입니다. 그러나 조주 스님은 무소유의 마음을 더 깊이 파고들어 갑니다.

진정한 무소유의 삶은 단지 물질 없이 사는 게 아니라, 그 가운데에서 마음마저도 어떤 형식이나 의례에 얽매이지 않아야한다는 것을 명심해야 할 것입니다.

나를 찾지 말고, 부처님을 찾으세요

진리는 하나요 둘일 수 없다. 그러므로 진리를 안 사람은 다투지 않는다. 그러나 사람들은 제각기 다른 진리를 찬양하고 있다. 자기와 반대 의견을 가진 자는 어리석다고 말하면서 자신을 진리에 이른 완성자로 간주하고 있다. 또 자신을 완벽하다고 여기며 현자라고 착각하고 있다. 그렇기 때문에 사람들에게는 끝없는 언쟁이 일어난다. 그러나 이 모든 편견을 버린다면 세상의 언쟁은 종식될 것이다.

〈숫타니파타〉

세상에는 우주와 인생의 이치를 깨달았다고 주장하는 사람이 많습니다. 그런 사람들은 대개 자신과는 다른 사고 방식을 가진 사람을 인정하려하지 않고, 오로지 자신만이 옳다고 합니다. 자신의 논리로만이 세상의 현상을 조리 있게 설명할 수 있다고 믿습니다.

또한 그런 사람들의 특징은 자신의 사소한 오차도 인정하려하지 않습니다. 자신의 논리는 완벽하게 이 세상의 현상을 설명해 낼 수 있다는 것입니다. 물론 그처럼 완벽한 논리가 있다면 얼마나 좋겠습니까?

그런데 세상에는 그런 사람들이 너무 많습니다. 종교계의 지도자, 철학계의 지도자 등 이루 헤아릴 수 없을 것입니다. 이렇게 되면 생기는 문제는 불을 보듯이 자명해집니다. 서로 인정할래야 하지 않으니 갈등이 생길 수밖에 없습니다.

이와 같이 앎이나 진리를 외부에서 찾을 경우 본래의 의도와는 상관없이 서로 다투는 일이 벌어지고 말 것입니다. '네가 옳으냐, 내가 옳으냐'는 문제때문에 인간 사회는 늘 갈등으로 뒤범벅이 되고 말 것입니다.

그런 점에서 진정한 진리는 외부에서 찾을 것이 아니라 자기 내부의 마음에서 찾으라고 한 육조 혜능의 일화는 우리의 심금을 울립니다.

혜능은 홍인의 법을 받고 15년 동안 저잣거리를 떠돌며 몸을 숨기고 지냈습니다. 마침내 홍인이 세상을 뜨자 혜능은 모습을 드러내고 자신이 머물 곳을 찾았습니다. 혜능이 광주 법성사 옆을 지나는데, 한 무리의 승려들이 입씨름을 벌이고 있었습니다.

"저건 깃발이 펄럭이는 것일세."

"아닐세. 저건 바람이 깃발을 움직는 것이니 바람이 펄럭이는 것일세."

둘로 나뉘어진 논쟁은 시간이 갈수록 치열해져 언쟁으로 변했습니다.

혜능은 그들의 언쟁을 한참 바라보았습니다. 그러나 그들이 도저히 타협점을 찾지 못하자 혜능이 나섰습니다.

"그건 깃발이 펄럭이는 것도, 바람이 펄럭이는 것도 아닙니다."

한참 동안 언쟁을 벌이고 있던 무리들은 혜능의 말에 일제히 말을 멈추었습니다.

"그러면 당신은 무엇이 펄럭인다고 생각하십니까? 깃발도 바람도 아니면 도대체 무엇이 펄럭인다고 생각하십니까?"

아주 흥분한 채로 한 사내가 말하자 혜능은 입을 열었습니다.

"펄럭이는 것은 바로 당신들의 마음이지요."

무리의 입에서 탄성이 흘렀습니다.

육조 혜능은 진정한 앎은 자기 속에 가려져있는 부처에 다름 아닌 '마음'에서 찾을 것이지, 끊임없이 외부의 어떤 논리나 종교에서 찾을 게 아니라는 것을 말하고 있습니다. 외부에서 찾을 겨우, 불교에서는 불교만을 진리로, 기독교에서는 기독교만을 진리로, 유물론에서는 유물론만을 진리로 여길 것입니다.

이처럼 외부에서 진리를 구하는 것은 다 위의 일화에서 보여주는 것처럼 외물에 현혹된 것입니다. 참으로 진정한 진리는 바람에도, 깃발에도 있지 않고 오직 자신의 내면에 있다는 사실을 깨달아야 할 것입니다. 그렇기 때문에 성철 스님은 자신을 찾지 말라 하고, 우리 자신 속의 부처를 찾아가라 하신 것입니다. 깨달으면 우리 모두가 부처라는 점을 결코 잊지 말아야 할 것입니다.

나는 산중에서
모든 것의 실체를 볼 수 있습니다

우리는 숲속에서 고독하게 살고 있다. 숲속에 나뒹구는 나뭇조각같이. 하지만 많은 사람들은 우리를 부러워한다. 지옥에 떨어진 이들이 천상에 사는 이들을 부러워하듯.

〈장로게경〉

세상에 대한 앎의 방식을 일컬어 인식론이라고 합니다. 과연 인간이 세상의 진실을 온전히 다 파악할 수 있느냐, 그렇지 않느냐에 따라 인식론은 크게 두 흐름으로 나뉘어 집니다.

가령, 플라톤 같은 철학자는 '이데아'라는 독특한 자신만의 개념을 설정해 놓고, 인간은 현상 너머의 진실인 '이데아'를 포착해야 한다고 합니다. 인간의 눈이나 귀와 같은 감각 기관으로 받아들이는 세상의 모습은 진실이 아니라, 다만 그림자에 지나지 않는다는 것입니다.

반면, 유물론의 입장에서는 인간의 감각기관에 의해 받아들이는 감각자료가 진실이며, 인간은 이를 토대로 더욱 진실을 확보해 나갈 수 있다고 합니다. 인간은 현재보다는 미래에 부단한 인식과 실천의 변증법적 과정 속에서 세계의 진상을 많이 밝힐 수 있다는 것이 유물론입니다.

아직도 이 지구상에는 이 두 가지 인식론으로 갈라진 흐름이 지속되고 있습니다. 큰 줄기의 흐름 안에서 몇몇 새로운 항목을 추가하거나 변경할 뿐입니다.

그런데 이처럼 도도한 인식론의 흐름 안에서 과연 성철 스님은 어떤 쪽에 몸을 담고 있을까요? 성철 스님은 고승답게 보통 사람처럼 감각기관에 의존하지 않은 것으로 보입니다.

성철 스님의 사상은 한마디로 '돈오돈수(頓悟頓修)'로 요약할 수 있습니다. 성철 스님의 '돈오돈수(頓悟頓修)' 사상이 세간에 널리 알려지게 된 것은 1982년에 출간된 『선문정로』입니다. 이 글에서 처음으로 밝힌 '돈오돈수(頓悟頓修)'란 '단번에 깨닫고 단번에 닦는다'는 의미를 뜻합니다.

그 이전까지는 보조국사가 가르친 '점차적으로 깨닫는다'는 의미의 '돈오점수(頓悟漸修)'가 널리 신봉되고 있었습니다.

"요즘 우리나라의 선방을 보면 보조국사의 잘못된 초기 저작만 보고 돈오점수를 주장하는 사람들로 꽉 찼습니다. 돈오점수를 선(禪) 사상이라고 주장하는 사람은 보조스님을 잘 모르는 사람입니다. 800년

이 지난 지금까지 돈오점수가 선종 사상이라고 주장한다면 보조국사가 웃을 일입니다."

이처럼 강력하게 '돈오돈수(頓悟頓修)'를 주장한 성철 스님이 도달한 '구경각(究竟覺: 깨달음)'은 어떤 경지일까요? 말 그대로 보통 인간과는 차원이 다른 경지를 말합니다. 가령 사물에 대한 인식론 면에서 보더라도 굳이 앎을 구하지 않아도 모든 것을 자연히 알게 되는 것을 말합니다.

신통력(神通力)이라는 관점에서 성철 스님의 경지를 한번 들여다보는 것도 의미가 있을 것입니다. 그럴 때, 막연하고 신비로운 '깨달음'이 확연한 모습으로 드러나게 될 것입니다. 그럼, 산중에서 모든 것의 실체를 볼 수 있었던 성철 스님의 깨달음을 신통력이라는 점에서 들여다볼까요?

보통 상식의 세계에서 헤아릴 수 없는 것을 헤아림을 '신(神)'이라 하고, 걸림 없는 것을 '통(通)'이라고 합니다. 이 신통에는 여러 가지가 있지만 흔히 여섯 가지를 말합니다.

1. 천안통 : 멀고 가까움과 크고 작은 것에 걸림 없이 무엇이나 밝게 보는 능력을 말합니다.

2. 천이통 : 멀고 가까움과 높고 낮음을 가릴 것 없이 무슨 소

리나 잘 듣는 능력을 말합니다.

3. 신족통 : 공간에 걸림 없이 왕래하며 그 몸을 마음대로 변
   화할 수 있는 능력을 말합니다.

4. 타심통 : 사람뿐 아니라 어떤 중생이라도 마음속으로 생각
   하고 있는 것을 다 알 수 있는 능력을 말합니다.

5. 숙명통 : 자기뿐 아니라 6도에 윤회하는 모든 중생들의 전
   생, 금생, 후생 일을 다 아는 능력을 말합니다.

6. 누진통 : 번뇌망상이 완전히 끊어진 자리로 비로소 부처
   의 경지에 오른 것입니다.

2 인생의 아름다움

남을 위해 삼천 배 절하십시오

모든 생명을 부처님으로 존경합시다

밥을 '먹는' 사람이 되십시오

정신을 쉬도록 하십시오

부처님 말씀은 우리의 병을 고치는 약입니다

운명은 결정된 것이 아닙니다

원수를 사랑하는 것이 진정한 불공입니다

자기를 바로 봅시다

남을 위해 삼천 배 절하십시오

연꽃은 진흙 속에서 살면서도 진흙에 더럽혀지지 않듯이, 보살은 세속에 살면서도 세속의 일에 때 묻지 않는다. 사방에서 흐르는 여러 강물도 바다에 들어가면 모두 짠맛이 되듯이, 여러 가지 일을 통해 쌓은 보살의 선행도 중생의 깨달음에 회향하면 해탈의 한맛이 된다.

〈보적경〉

요즘 같은 개인주의를 넘어 이기주의 시대에 남을 위해 절을 하는 일은 쉬운 일이 아닙니다. 사회가 점차 개인적인 실리를 중요시하면서 공동체의 동질감이 와해되고 있습니다. 오로지 개인의 성공만을 위해 서로 경쟁하도록 된 것이 요즘의 사회입니다. 내가 성공하지 않으면 그 자체로 끝나는 게 아니라, 반대로 남이 성공하게 되고 또한 그로써 내 자신이 불이익을 당하게끔 이미 사회는 양육 강식의 논리에 지배 당하고 있습니다.

이처럼 인정이 각박해지고 있는 사회에 다행히 최근의 한 신문은 반가운 소식을 전해줍니다. 올해 구세군 자선 냄비에서 1,000만원짜리 수표가 발견되었다는 것입니다. 또한 올해는 구세군이 생긴 이래 가장 많은 액수가 모금되었다고 합니다. 사회가 풍요로울 때보다 어려울 때 주변의 이웃에 대한 성금이 증가한다는 이야기가 있는데, 어쨌든 올해와 내년 초 추운 겨울을 보낼 어려운 형편의 사람들이 조금이라도 어깨를 펴게 되어 다행입니다.

남을 위해 삼천 배 절을 하라는 성철 스님의 말을 듣고 보니, 평생을 남을 위해 살다간 마더 테레사 수녀가 생각납니다. 테레사 수녀는 죽은 뒤에도 죽을병에 걸린 환자를 치료하는 놀라운 기적을 발휘, 성인(聖人)의 전단계인 복자(福者)의 반열에 들게 되었다고 합니다.

마더 테레사(본명 아녜스 곤자 보야시우: 1910~1997)는 유고슬라비아에서 태어났습니다. 1929년 아일랜드 로레토수도원 소속으로 인도 성마리아여학교에 부임, 17년간 봉직한 뒤 1948년 수도회를 나와 빈민구제 활동을 시작했습니다.

1952년 '죽어가는 사람들의 집(칼리가트)'을 만든 데 이어 '버려진 아이들의 집(시슈 브하반)', '나환자들의 집(샨티 나가르)', '장애인과 노인을 위한 집(프렘단)', '비행 소년소녀를 위한 집(샨티 단)' 등을 열었습니다.

테레사 수녀는 일생을 이처럼 가난한 자, 의지할 곳 없이 죽어가는 자, 함센씨병 환자 속에서 그들의 아픔을 함께 하며 빈곤하게 지냈습니다. 가난한 사람처럼 살지 않으면 그들을 이해할 수 없다고 했습니다. 여기저기 수선한 옷 세벌과 낡은 신발, 십자가와 묵주가 그가 가진 전부였습니다. 1964년 교황 바오로 6세가 그를 방문한 다음 주고 간 '링컨 컨티넨틀'은 팔아서 나환자치료센터를 짓는데 썼습니다.

여름에는 시멘트 바닥 위에 지내고, 겨울에는 시멘트 바닥 위에 얇은 천 한장을 깔고 지내면서 환자와 장애자를 돌보았습니다. 그런 그에게 누군가 돈과 지위를 갖고 편안하게 사는 사람들이 부럽지 않느냐고 묻자, 그는 간단히 대답했습니다.

"허리를 굽히고 섬기는 사람에겐 위를 쳐다볼 시간이 없답니다."

그를 만났던 사람들이 한결같이 그를 '거친 손에 터진 발, 주름투성이의 자그마한 할머니'로 기억하는 것도 무리가 아니었습니다.

죽어가는 사람을 돌보는 게 무슨 의미가 있느냐는 물음에, 테레사 수녀는 "자신이 버려진 존재가 아니고 자기를 사랑하고 받아주는 사람이 있다는 걸 단 몇 시간만이라도 알게 하기 위해서"라고 답했습니다. 또한 자신의 사후에 어떤 기금도 조성하지 말도록 당부함으로써, 캘커타 주민들이 돈을 모아 그의 동상을 세우고 상(償)을 제정하려던 것을 막았습니다.

마더 테레사 수녀의 다음과 같은 말은 우리에게 남을 위해 삼천 배 절하도록 권유하고 있습니다.

"나는 한번에 한사람만 껴안을 수 있습니다. 모든 노력은 바다에 붓는 물 한 방울과 같지만 붓지 않으면 바다는 그만큼 줄어들 것입니다. 당신이나 당신 가족, 당신이 다니는 교회에서도 마찬가지입니다. 단지 시작하는 것입니다. 한 번에 한 사람씩."

테레사 수녀야 말로 법정 스님 못지 않은 무소유의 삶을 실천하다 간 사람입니다. 이렇게 우리 사회에는 무소유를 실천한 사람이 많습니다. 단지 그 분들이 무소유란 용어를 쓰지 않았을 뿐입니다. 무소유란 말이 많이 회자되는 이유는 그 만큼 우리가 사는 세상이 물질만능주의에 감염되어 있다는 말입니다. 법정 스님처럼 용어로 말하지는 않았지만 몸소 실천한 선인들, 성철 스님, 테레사 수녀, 조주 스님 등 이분들의 모습도 함께 배워가야 할 것입니다.

모든 생명을 부처님으로 존경합시다

사랑하는 대상은 설사 그가 천한 사람이라 할지라도 모두 평등하다. 사랑에는 차별이 없기 때문이다.

〈본생경〉

요즘 날로 환경이 오염되면서 환경을 살릴 수 있는 여러 가지 방안이 나오고 있습니다. 북극 상공의 오존층에 구멍이 뚫렸다느니, 기온이 높아져 북극의 얼음이 녹아 해수면이 높아지고 있다느니 하면서 '환경 재앙'을 우려하는 목소리가 커지고 있습니다.

이런 가운데 지난 산업혁명 이후 무서운 속도로 폭주하는 기관차처럼 성장해 온 자본주의에 대한 반성이 일어나는 건 당연합니다. 산업혁명은 우리 인간사회에 무진장한 물질적 혜택을 주었습니다. 이전에 비해 놀라운 생산성과 효율성으로 우리 인간은 많은 물질을 생산해내어 먹어치웠습니다.

현재 우리 인간이 누리는 행복 중에 물질적 행복은 자본주의 문명이 선물한 것이라고 보아야할 것입니다. 자본주의 문명의 혜택으로 우리는 텔레비전과 우주선 그리고 인터넷 같은 과학의 산물에 의해 멋진 신세계의 체험을 할 수 있습니다.

인간의 행동반경과 사고력, 상상력은 그와 함께 더 넓어지고 깊어졌다고 보아야 할 것입니다. 지구 반대쪽에서 벌어지는 전쟁을, 그리고 화성의 표면을 우리는 안방에서 생생히 볼 수 있습니다.

하지만 이러한 눈부신 과학문명의 성과 뒤에는 어두운 면도 있습니다. 대체로 물질을 중시하는 사회적 풍토로 인해 인간의 존엄성이 크게 위축되었다는 점이 그것입니다. 이제 우리 삶에서 가장 소중한 것은 인간적인 삶에 두어지지 않고 대신에 물질적 풍요에 두어진 것입니다.

이러한 풍토 속에서 황폐화한 것은 인간의 삶과 더불어 자연의 생태계입니다. 인간이 나고 자라서 생활하고 다시 한 줌의 흙으로 돌아가는 곳이 바로 자연이지만, 우리 인간은 자연을 아주 홀대하는 것 같습니다. 자연을 우리 인간이 무진장하게 써먹을 수 있는 재료로밖에 인식하지 않는 듯합니다. 오로지 인간 자신만이 최고라는 생각이 자리 잡은 것입니다.

인간 외의 것은 무생물이든 생물이든 가리지 않고 그 존엄성이 없는 것으로 여기고 마구 다루어온 게 사실입니다. 그러다 보니 숱한 생물이 멸종의 위기에 빠졌고, 석유와 석탄을 제공해주던 자연은 급기야 인간의 생명을 위협하는 오염 물질을 내뿜기에 이르렀습니다.

사태가 여기에 이르자 최근에는 인간의 생명만이 아니라 생명 있는 모든 존재를 존중하자는 사고가 널리 퍼지고 있습니다. 이것은 단순한 아이디어에 그치는 게 아니라 우리 인간 생존의 문제에 직결되는 것입니다.

이처럼 너무나 중요한 생명 존중 사상은 진작에 불교 사상에 깃들어 있었습니다. 불교에서 살생(殺生)은 그 어떤 것도 무거운 죄가 됩니다. 하찮은 미물이라도 죽이지 말라는 것이 불교의 생명사상입니다.

인간뿐만 아니라 모든 생명 있는 것을 부처님처럼 섬길 때에 진정한 극락이 찾아오지 않을까요? 그때, 산새와 들짐승 그리고 죄수와 악인 등으로 차별된 생명도 다 함께 하나가 되어 노래 부를 수 있을 것입니다. 생명, 그 자체를 찬양할 수 있을 것입니다.

밥을 '먹는' 사람이 되십시오

밥을 먹을 때 잘못 잡으면 손바닥을 상하듯이 수행자의 행실이 그릇되면 지옥으로 끌려 들어간다. 화살을 바르게 잡으면 손바닥을 상하는 일이 없듯이 수행자의 행실이 바르면 열반이 가까이에 있다.

〈십이시법어〉

밥만큼 삶에서 소중한 것이 따로 있을까요? 밥을 먹지 않고 산다는 것 자체가 무리이기 때문에, 무슨 일이든 하려면 밥을 먹고 나서 해야 하겠지요. '금강산도 식후경'이라는 속담이 괜히 나왔을까요? 인간 삶의 원천이 '밥'이나 다름없겠지요.

그런데 요즘 사회는 금강산 구경을 하기 위해서 배를 든든히 하는 게 아니라, 배를 든든하게 채우는 것 자체를 목적으로 하는 것 같습니다. 금강산 구경이라는 목적을 위해 밥을 먹는 것이며, 또한 밥을 먹는 것은 모든 일을 이루기 위해서 우선적으로 준비해야할 필수불가결한 요소입니다. 그러나 어떻게 된 일인지, 근래에 사람들은 땅땅한 배를 두드리면서 하품만하고 있습니다. 다들 밥을 먹기보다는 밥에 먹히는 것이겠지요.

원래 인간에게는 저마다 삶의 숭고한 목적이 있습니다. 이 목적을 달성하기 위해 밥을 먹는 것이지, 밥 그 자체를 먹기 위해 살고 있는 것은 아닐 것입니다.

어쩌다 세상이 이렇게 된 것인지를 생각하게 됩니다. 사람들이 단합해서 어느 한 날부터 밥에 먹히자고 했는지, 아니면 누군가 그렇게 하도록 시켰을까요. 서서히 사람들이 의식하지도 못하는 사이에 밥이 사람 위에 놓이게 된 것은 아닐까요. 사회 구조가 변하면 사람도 그 변화에 따라가기 마련인데, 그렇게 하다보니 사람들이 밥을 우선시하게 된 것이 아닐까요?

밥도 밥 나름이라서 단 돈 몇 천원하는 우동도 있을 수 있지만, 이에 비해 수십 만원하는 밥도 있을 것입니다. 사람들은 기왕이면 보기 좋고 향기롭고 맛있는 밥(음식)을 원하기 때문에 더 많은 돈을 벌기를 원합니다. 다들 우동만 먹고 살면 구지 많은 돈을 가질 이유가 있을까요? 조금이라도 혀에 즐거움을 더 해주는 밥을 찾다보면 많은 돈을 필요로 하게 됩니다.

이렇게 되면 사람이 밥을 먹는 게 아니라 사람이 밥에 먹히게 되는 것이지요. 더 좋은 밥을 얻기 위한 부의 축적에 목적을 두다 보면 인생이란 하찮은 존재가 되고 맙니다. 사람의 존엄성보다 맛있고 기름진 음식이 더 중요하게 되는 것이지요.

진정으로 밥에 먹히지 않고 밥을 먹는 사람은 어떤 자일까요? 밥 때문에 '금강산 구경'을 망각하지 않는, 바로 그런 사람이야말로 성철 스님이 바라고 있던 사람일 것입니다.

성철 스님이 밥에 먹히지 않았다는 것은 평생을 무소유로 살아간 그의 삶을 통해서 입증이 될 것입니다. 스님은 평소에 나일론 양말이나, 새로 된 옷을 입을 자격이 없다고 말씀하시곤 했습니다. 언젠가 한 기업체의 사장 내외가 찾아와 무엇을 선물할까를 여쭈었을 때, 스님은 자신은 아무 것도 필요 없으니 돌아가서 회사 공장의 직원들에게 일일이 따뜻한 외투를 선물하라고 했습니다. 이처럼 물질에 대한 일체의 집착을 떨쳐버린 성철 스님은 식사마저도 소식으로 일관했습니다. 아침 저녁 두 끼를 먹는데도 많은 양을 먹는 것을 멀리했다고 합니다.

법정 스님도 평소에 소박한 삶으로 일관했다고 합니다. 그리고 남겨 놓은 것이라곤 꼭 필요한 물건들 밖에 없었습니다. 여분의 옷이나 가구 따위도 없이 오롯이 빈 몸으로 살다가 빈 몸으로 떠나는 무소유의 모습을 보여 주었습니다. 떠나고 난 자리가 더 아름다운 모습, 그것이 무소유의 진정한 모습인 것 같습니다.

현진건의 소설 『술 권하는 사회』가 언뜻 기억이 나는군요. 이 소설은 일제 강점 하의 지식인의 절망과 고뇌가 잘 드러난 작품입니다. 작중 인물인 남편은 중학을 마치고 동경 유학까지 다녀온 지식인입니다. 그런데 돈벌기는커녕 술을 마시며 밤늦게 귀가 하는 등 생활이 문란합니다. 만취해서 돌아온 남편에게 아내는 술 권하는 사람들을 탓하는데, 남편은 술을 권하는 것은 다름 아닌 조선 사회라고 쓴 웃음을 짓습니다.

"그 몹쓸 사회가, 왜 술을 권하는고!"하고 결말을 맺는 이 소설을 보면, 이 사회는 진작에 밥 권하는 사회가 아닌가 싶습니다. 이 때문에 밥에 먹히는 사람들이 수도 없이 양산되는 것은 아닐까요?

이 몹쓸 사회 때문에 많은 사람들이 밥에 먹히는 게 아닐까요?

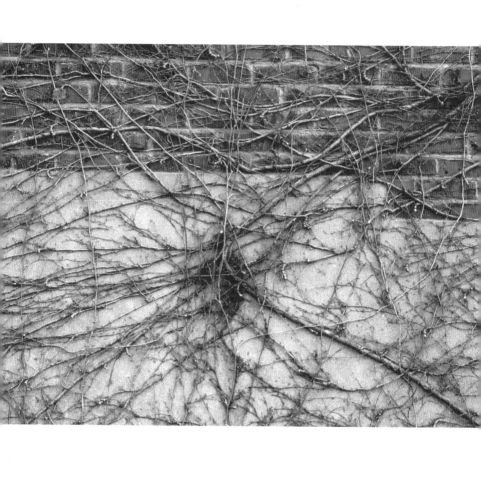

정신을 쉬도록 하십시오

진실로 아무 것도 갖지 않은 사람(집착심이 없는 사람)은 행복하다. 지혜로운 사람은 아무 것도 자기 것이라고 생각하지 않는다. 자, 보라. 많이 가지고 있는 자들이 여기저기에 얽매여 얼마나 괴로움을 당하고 있는가를.

〈우다나 · 이티붓타카〉

살다보면 우리 인간의 머리는 온갖 잡념으로 가득차게 됩니다. 별로 중요하지도 않고 또 생각을 한댔자 인간의 힘으로는 어쩔 수 없는 일임에도 머리에 가득 담아 둡니다. 저 친구가 나를 무시하는 게 아닐까? 잠을 자다가 지붕이 무너져 내리면 어떡하지? 등 한 마디로 쓸데없는 생각일 뿐인 것에 우리 사람의 머리는 복잡해지고 있습니다.

요즘에는 과학이 하도 발달해서 몇 십년 뒤에 지구와 거대한 운성이 충돌한다는 예측이 사람들을 공포로 몰아넣기도 합니다.

사람의 힘으로는 어쩔 수 없는 일이 있습니다. 그러니까 머리를 투명하게 비워두는 일도 필요합니다. 괜히 현대 사회에 '스트레스'라는 말이 생겨났겠습니까? 이 시대는 아주 많은 잡념으로 우리 사람의 머리를 지치게 하고 있습니다. 현대 사회는 거대한 스트레스 공장이나 마찬가지입니다.

이 사회는 단 하루, 단 몇 시간, 단 몇 분만이라도 머리를 쉬게 할 여유를 주지 않습니다. 잡념이 이렇게 얽히고 설키어 쌓이다가 어느 날 폭발하고 말지도 모릅니다. 최근에는 '만성피로증'이라는 병이 생겨났다고 합니다. 특별히 죽을병은 아니지만 만성적으로 삶에 의욕이 없고, 항상 피로한 것이 이 병의 특징이라고 합니다.

이 병은 과거 문명화 되지 않은 시대에는 없었을 것입니다. 그런데 현대의 복잡한 사회 구조가 인간에게 이 병을 선사한 것입니다.

남태평양 사모아 제도의 사람들은 문명세계의 백인을 '빠빠라기'라고 부른다고 합니다. 이 섬 사람들은 문명세계의 삶의 방식을 받아들이지 않습니다. 문명인들의 개인주의와 물질 숭배주의 같은 것이 어떻게 인간의 삶을 황폐화하는지 그들은 잘 알고 있었습니다. 그들은 그들만의 오래 전승된 삶의 방식으로 살고자 한답니다.

그 남태평양의 섬에서는 '스트레스'라는 말이 없을 것이며, 마찬가지로 '만성피로증'이라는 병도 없을 것입니다. 그들은 자연 속에서 아주 자연스럽게 살고 있으니까 현대인의 병은 전혀 알지 못할 것입니다. 그들이야말로 정신을 모든 집착으로부터 쉬도록 하는 것을 터득

하고 있는 것이 아닐까요?

여기서 잠깐 동양 지혜의 보고인 『장자(莊子)』를 살펴보겠습니다. 장자는 마음을 다스리는 방법으로서 '심재(心齋)'를 제시하고 있습니다.

안회가 물었습니다.

"마음의 재계란 무엇입니까?"

중니가 대답하였습니다.

"먼저 너의 마음을 하나로 하여라. 귀로 듣지 말고 마음으로 들어라. 아니, 마음으로 듣지 말고 기로 들어라. 귀는 소리를 들을 뿐이고 마음은 사물에 응할 뿐인 것이다. 반면 기라 하는 것은 스스로는 공허한 상태에 있으면서 일체의 사물을 받아들인다. 도는 이 공허에만 모여드는 법이니, 이 마음의 공허 상태가 다름 아닌 마음의 재계이다."

윗글을 보면 장자도 마음을 쉬도록 하는 것의 중요성을 말하는 듯합니다. 마음을 쉬게 하는 것이 "마음의 공허"일 것입니다. 그리고 이러한 상태를 가르켜 장자는 "마음의 재계"라고 합니다.

아무쪼록 자나 깨나 우리 머리를 떠나지 않는 온갖 걱정, 집착, 잡념을 놓아버려야 하겠습니다. 그것이야말로 마음과 정신의 건강을 찾는 올바른 길일 것입니다.

부처님 말씀은
우리의 병을 고치는 약입니다

선지식은 지혜로운 의사와 같다. 병과 약을 알고 증상에 따라 그 약을 주어 우리의 마음병을 낫게 하기 때문이다. 선지식은 뱃사공과 같다. 이 생사의 바다에서 우리를 저 언덕으로 건네 주기 때문이다.

〈열반경〉

성철 스님은 주변 사람에게 책을 일체 보지 말라고 했답니다. 책을 통해서 얻은 지식이 일체 소용이 없다는 것입니다. 진정한 수행의 길을 가는 데에는 온갖 지식도 쓸모가 없다는 게 성철 스님의 견해입니다.

불교 가운데에서도 특히 화두에 드는 참선(參禪)을 중요시하는 선종 (禪宗) 계통에 있던 성철 스님이니 당연한 말씀이라는 생각입니다.

하지만 이런 생각과 달리 실제 성철 스님은 참으로 많은 책을 보았습니다. 성철 스님은 수천 권의 장서를 보관하는 곳을 '장경각(藏經閣)' 이라 해서 어느 책 한 권 소홀히 다루지 않았다고 합니다.

성철 스님은 현실에도 관심을 많이 가져 『타임』지와 세계적인 시사

화보집 『라이프』지도 구해 읽었다고 합니다. 또한 불교를 배우기 위해서는 범어(梵語)를 알아야 하는데, 이 범어를 공부하기 위해서는 영어가 필수라며 영어의 중요성을 강조했다고 합니다.

이처럼 불교를 포함해 다양한 분야에 대한 방대한 독서는 백일법문(百日法門)에서 그 실체가 드러납니다. 성철 스님은 1967년 해인총림 방장에 취임한 후 그해 겨울 동안거를 맞아 100일에 걸친 대법문의 사자후를 토해냈습니다.

기독교는 성경, 이슬람교는 코란, 유교는 사서삼경이면 그 종교 사상의 핵심을 일목요연하게 알 수 있습니다. 그런데 불교는 사정이 다릅니다. 불교는 팔만대장경이라는 방대한 책에 그 종교사상이 퍼져있으니, 보통 사람으로서는 그 사상을 아는 일은 너무도 어렵습니다.

성철 스님은 원시경전에서부터 아함경, 삼종론, 천태종, 화엄종, 유식과 중관 그리고 선승의 어록인 선어록까지 방대한 책을 섭렵하였다고 합니다. 여기다가 노자와 장자에서 공자와 맹자를 포함한 동양 사상 그리고 서양 물리학과 수학에 이르기까지 독서의 영역을 넓히고 있습니다.

이처럼 넓고 깊은 독서에 바탕 해서 스님은 불교의 핵심 사상을 일목요연하게 설명해내었습니다. 그러면 백일법문에서 행한 설법 중에 윤회(輪廻)에 관한 것을 소개하겠습니다. 이것을 통해 우리의 무지의 병을 치료해야 할 것입니다.

불교의 교리 중에 무엇보다 중요한 것이 윤회(輪廻)입니다. 우주의 물리적인 순환도 윤회요, 육도를 유전하며 받는 생(生)도 윤회요, 생사의 변이 또한 윤회입니다. 우주의 자연 변화, 가령 춘하추동 사계절의 변화라든지 과거 현재 미래 삼세의 유전, 어김없이 교대하는 낮과 밤, 이 모두가 시간의 윤회요, 여기저기 이곳 저곳 또 동서남북의 방위변환은 공간의 윤회입니다.

바람과 구름이 엉켜 비가 되고, 빗물은 다시 태양에 증발되어 수증기로 변했다가 구름이 되고, 구름은 다시 비로 변해 한 바퀴 도는 것은 자연의 윤회현상입니다. 차를 몰려면 휘발유가 필요한데, 휘발유는 열 에너지를 만들고, 열에너지는 이산화탄소로 변하며 이산화탄소는 다시 다른 형태로 공기 중에 흩어졌다가 시간이 흐르면 또다시 연료로 만들어져 사용되니 이 또한 윤회입니다. 또 우리가 먹는 채소도 소화작용을 거쳐서 배설되면 배설물은 분뇨로 되고 분뇨는 다시 채소의 거름이 되니 이 역시 윤회입니다.

그러나 불교에서 말하고자 하는 윤회는 육도(六道)윤회로서 불법에 의하면 사람의 생은 시시각각 윤회 중에 있으며, 단지 빠르고 늦은 것의 차이가 있을 뿐이므로, 늦은 변화를 '생멸(生滅)' 혹은 '변이(變異)'라고 하고, 빠른 변화를 '윤회(輪廻)'라고 합니다. 중생은 생각이 짓는 힘, 즉 업력에 의해서 시작과 끝이 없는 생명의 흐름이 형성되며 하늘, 사람, 아귀, 축생 등 여섯 가지의 다양한 생명현상으로 나타나는데 이것이 육도윤회입니다.

육도윤회의 깊은 도리는 우매한 중생은 믿지 못하므로 옛사람이 '경전이 아니고는 이러한 사실을 알지 못하고 부처님이 아니면 이 말을 할 수 없다'고 한탄하기도 했습니다. 윤회는 결코 신앙의 체계나 이론이 아니며 더욱이 죽음에 대한 심리적인 위안이 아닙니다. 윤회는 전생과 내생을 해석하는 정밀하고 정확한 과학입니다. 그러므로 윤회를 분명하게 이해함으로써 윤회가 존재한다는 것을 믿어야 할 것입니다.

운명은 결정된 것이 아닙니다

슬픔이 있으면 기쁨이 있고, 기쁨이 있으면 슬픔이 있다. 그러므로 기쁨과 슬픔을 가다듬어서 선도 악도 없어야 비로소 집착을 떠나게 된다. 지난날의 그림자만을 추억하고 그리워하면 꺾어진 갈대와 같이 말라서 초췌해지리라. 그러나 지난날의 일을 반성하고 현재를 성실하게 살아간다면 몸도 마음도 건전해지리라. 지나간 과거에 매달리지도 말고 아직 오지도 않은 미래를 기다리지도 말라. 오직 현재의 한 생각만을 굳게지켜라. 그리하여 오늘 할 일을 내일로 미루지 말라. 진실하고 굳세게 살아가는 것, 그것이 하루하루를 살아가는 최선의 길이다.

〈법구경〉

연말이나 새해 벽두가 되면 유독 이 나라 사람은 점집을 많이 찾고 점술 책을 많이 구입합니다. 누구나 자신의 미래에 대해 궁금해 하기 때문에 미래를 수학공식처럼 설명해 내는 운명론에 귀가 솔깃하는 것입니다.

특히 요즘처럼 경제가 어려울수록 많은 사람들은 운명론에 사로잡힙니다. 대체 나의 운명은 어떻게 결정된 것일까? 걱정 반 기대 반의 심정으로 점을 보게 됩니다. 우리나라는 세계적으로 점술 의존도가 높은 것으로 알려져 있습니다. 예전에는 한 대기업에서 사원을 채용할 때 관상을 보았다고 합니다. 면접에서 관상을 보고 당락을 결정하였다니, 얼마나 운명을 신봉했는가를 알 수 있습니다.

아마 대부분의 사람은 한번쯤 할머니나 할아버지에게 자신의 손금을 보여드리고, 오래 살 거라거나 돈을 많이 벌 거라거나 유명한 사람이 될 거라는 이야기를 들었을 것입니다. 대개는 좋은 이야기를 많이 들었을 테고, 그것을 통해 기분도 좋아질 뿐만 아니라 자신의 희망을 다시금 재확인하게도 되었을 것입니다.

화성에도 탐사선을 보내고, 또 복제 인간도 만드는 세상에 왜 사람들은 점 같은 운명론에 집착하는 걸까요? 과학이 점점 발달해지니까 역으로 인간의 운명론이 재발견되는 걸까요?

몇몇 과학자들이 유전자를 통해 한 인간의 습성이나 취향이 후손에게로 전달된다고 주장하지만, 대개의 경우 인간 삶은 스스로 선택하는 것으로 알려져 있습니다.

인간 이전에는 그 어떤 공식도 법칙도 없으므로 인간 스스로 자신의 삶을 개척해 나가야하는 것입니다.

문제는 사회구조가 한 인간의 삶에 굴레를 씌워준다는 사실일 것입니다. 가난한 집안의 자녀는 대개의 경우 가난을 물려받게 되고, 못배운 사람들은 결코 사회적으로 높은 신분으로 오를 수 없는 제도야말로 우리에게 운명론에 젖어들게 하는 주범일 것입니다.

우리나라의 경우는 더더욱 그럴 것입니다. 어느 고등학교와 대학교를 나왔느냐 안 나왔느냐 하는 것이 우리 평생을 좌지우지하는 게 현실입니다. 한국 사회는 학벌에 의해 운명이 결정된다고 해도 과언이 아닙니다. 만약 학벌의 제약 없이 누구든 실력만 있으면 사회 각분야의 최고 자리를 차지할 수 있는 사회라면, 사람들은 모두 진취적인 사고를 가지게 될 테고 운명론에 집착하지도 않을 것입니다.

사회가 불안하고, 또 사회가 폐쇄적일 수록 사람들은 수동적이고 관망적으로 변하게 되어 점차 운명론에 빠져드는 것입니다.

거듭, 성철 스님은 운명은 스스로 개척해야한다고 강조하십니다.

'운명'은 우리가 주먹을 불끈 쥐고 무엇을 하느냐 마느냐에 따라 결정될 것입니다. 여러분도 이제는 점을 보지 말고 한번 억세게 주먹을 쥐고, 시간을 정해놓고 그 시간 내에 무엇을 꼭 이루고 말겠다는 결심을 해보십시오. 그러면 이루어진다고 성철 스님은 진작에 말씀을 해주고 있지 않습니까?

원수를 사랑하는 것이 진정한 불공입니다

대자(大慈)란 모든 중생들에게 사랑을 주는 일이고, 대비(大悲)란 모든 중생들의 고통
을 함께 하는 일이다.

〈대지도론〉

　　본래 '자비(慈悲)'란 불쌍히 여긴다는 의미의 자(慈)와 함께 슬퍼한다
는 뜻의 비(悲)가 합쳐져 된 말입니다. '자(慈)'라는 단어에는 온갖 생명
체를 사랑하여 애지중지하며 즐거움을 준다는 의미가 함축되어 있으
며, '비(悲)'라는 단어에는 온갖 생명체를 불쌍히 여겨 괴로움을 뿌리
뽑아 준다는 뜻이 있습니다.

　　『대종경』, 「불지품」 2장에는 "부처님의 대자대비는 저 태양보다 따뜻
하고 밝은 힘이 있나니, 그러므로 이 자비가 미치는 곳에 중생의 어리
석은 마음이 녹아서 지혜로운 마음으로 변하며, 잔인한 마음이 녹아
서 자비로운 마음이 되고, 인색하고 탐내는 마음이 녹아서 혜시하는

마음으로 변하며, 사상의 차별심이 녹아서 원만한 마음으로 변하여, 그 위력과 광명이 무엇으로 가히 비유할 수 없나니라."라는 말씀이 있습니다.

세계의 모든 종교는 자비, 사랑, 용서의 중요성을 강조합니다. 물론 정도의 차이는 있겠지만 이 해석은 인류애에 근거하고 있을 것입니다. 신을 믿는 사람들은 형제와 인류에 대한 사랑을 신에 대한 사랑의 표현이라고 여깁니다. 그러나 다들 신을 사랑한다고는 하면서도 정작 형제를 진실로 사랑하지 않는다면, 그것은 신의 가르침을 따른 것이 아닐 것입니다. 많은 종교가 용서를 강조하는데, 사랑과 자비야말로 진정한 용서를 할 수 있는 근원일 것입니다. 사랑과 자비가 없다면 용서하고 싶은 마음이 들지 않을 것입니다.

세계적인 참여 불교운동가인 틱낫한은 자비에 관해 이렇게 말합니다.

"사랑과 자비는 모든 인간이 가지고 있는 자질이다. 불교에서 사랑이란 다른 중생이 행복하도록 도와주고 싶은 마음이고 자비는 다른 중생이 고통에서 벗어나기를 바라는 마음이다.

'이 사람들은 내 친구니까 고통에서 벗어나기를 바래!' 이런 마음은 이기적인 태도이지 자비가 아니다. 진정한 자비심은 적에게도 미친다. 왜냐하면 자비심은 다른 중생이 고통 받는 걸 볼 때 솟아나는 것이기 때문이며, 그 중생에는 나의 적도 포함되기 때문이다. 우리의 적이 고통 받고 있는 것을 볼 때 우리를 해친 사람에게도 진정한 자비가 솟아날 수 있다.

자비나 사랑은 보통 아주 가까워진 느낌을 수반하지만 그건 본질적으로 애착이나 집착이 아니다. 따라서 상대방이 아름답지 않게 보이거나 마음에 들지 않아도 사랑할 수 있어야 한다. 진정한 사랑과 자비가 있다면 다른 이의 겉모습이나 행동은 우리의 태도에 아무런 영향을 미치지 못한다.

진정한 자비는 다른 이의 고통을 보는 데서 나온다. 우리는 책임감을 느끼고 뭔가를 해줘야겠다고 생각하게 된다. 자비에는 세 가지가 있다.

첫 번째 자비는 다른 중생이 고통에서 벗어나기를 바라는 자생적인 소망이다. 고통 받는 자를 보는 게 너무 마음 아파 그 고통이 없어지기를 바란다.

두 번째 자비는 남들이 행복하기를 바랄 뿐만 아니라 진정한 책임감을 느끼고 그들의 고통을 없애주고 열악한 환경에서 그들을 구해주려 끝까지 애쓰는 것이다. 이런 자비심은 모든 중생이 유한한 삶을 살고 있음에도 자신들이 영원한 존재라고 착각하는데서 나오는 혼란과 고통을 깨달을 때 더욱 강해진다. 진정한 자비심이 있으면 남이 잘 되도록 일해야 할 책임감이 절로 생겨난다.

세 번째 자비심은 모든 중생이 서로 의존하는 관계에 있으며, 독자적 관계가 아님에도 불구하고 자신들은 독자적인 존재라고 착각한다는 것을 깨닫는데서 나온다. 이런 자비심이 가장 높은 자비심이다."

성철 스님은 거듭 우리에게 선과 악의 헛된 분별을 떨쳐버리라고 하십니다.

"선과 악은 헛된 분별이어서 악마와 부처가 이름은 달라도 몸은 한 몸입니다. 그러하니 악인을 보면 부처님으로 존경하여야지, 용서를 베푼다면 악인의 참모습을 모르는 것입니다. 악인은 때 묻은 옷을 입은 사람, 부처님은 깨끗한 옷을 입은 사람과 같습니다. 때 묻은 옷을 입었다고 사람을 차별대우하면, 이는 옷만 보고 사람을 보지 못한 것입니다. 그러므로 "사탄이여 물러가라."고 외치지 말고 "사탄이여, 거룩합니다. 나는 당신을 존경합니다."라고 정성을 다하여 섬기십시오. 그러면 이 세상에서 사탄은 찾아볼 수가 없게 되고, 오직 부처와 부처만이 서로 서로 손을 잡고 살게 될 것입니다."

자기를 바로 봅시다

우리의 마음은 갖가지 번뇌 망상으로 물들어 있어 마치 파도치는 물결과 같다. 물결
이 출렁일 때는 우리의 얼굴이나 모습도 일렁이고 왜곡되어 제대로 보이지 않는다.
그러나 물결이 조용해지면 모든 것이 제 모습을 나타낸다. 저 연못이 바람 한 점 없이
고요하고 맑으면 물 밑까지 훤히 보이는 것처럼.

〈화엄경〉

현대인들은 떳떳하게 자기 자신의 주인이라고 말합니다. 내가 누구
의 종이라는 것은 상상도 못할 일이라고 합니다. 중세를 암흑기라고
하는 계몽 사상가들은 신으로부터 인간을 자유롭게 하고 스스로 당당
하게 사유하는 인간을 탄생시켰다고 합니다.

그 어떤 것으로부터도 자유로운 단독자, 인간은 당당히 자기 운명
의 주인이자, 사유의 주체가 된 것입니다. 하지만 현대인은 끝간데 없
는 고독의 병에 시달리게 되었습니다.

사람과 사람 사이의 소통의 단절은 한 인간으로 하여금 무인도에
고립된 채로 살아가는 고립감과 소외감을 줄 정도입니다. 위대한 단
독자로서의 인간의 탄생이 엊그제인데, 벌써 인간은 갖은 병에 시달

리고 있습니다.

고독은 그 자체로 병이 된지 오래입니다. 인간은 고독을 피할 수 없는 운명을 타고난 존재라고 할 때, 헤밍웨이의 『노인과 바다』라는 소설은 그런 절대적인 고독을 온몸으로 싸워나가는 인간 영혼의 불굴의 정신을 그리고 있는 소설이라고 할 수 있습니다.

1952년에 발표되어 헤밍웨이에게 노벨문학상을 안겨 준 『노인과 바다』에는 한 고기잡이 노인이 나옵니다. 쿠바의 한 어촌에 사는 노인은 무려 84일간 한 마리의 고기도 잡지 못한 채로 허망하게 시간을 보냅니다. 그러다 마침내 85일 째 되는 날 노인은 망망대해에서 마알린이라는 거대한 물고기를 잡습니다.

노인은 낚시줄 하나에 의지해 물고기가 끌고 가는 대로 끌려 다니면서 자기 자신과의 끊임없는 대화를 합니다. 물고기는 끈질기게 낚싯줄을 문 채로 고깃배를 이끌고 바다 한 가운데로 나아가고, 그런 가운데 노인은 낚싯줄을 온몸으로 잡아 맨 채로 별들의 움직임만을 보며 자기가 어디로 가고 있는지를 짐작하게 됩니다.

어느 순간 물고기와 노인은 마치 일심동체가 된 듯, 노인은 물고기의 속마음까지 꿰뚫어볼 수 있게 됩니다. 마치 노인 속의 또 다른 자아와의 숨 막힌 싸움을 벌이고 있는 듯합니다. 이렇게 바다 한 가운데를 떠 흘러가는 고깃배의 노인은 마치 우주 안의 고독한 한 인간상을 보여주는 듯합니다.

오로지 자기 자신만이 홀로 존재하는 캄캄한 우주의 모습이, 『노인과 바다』에는 아주 잘 나타나 있습니다.

이 소설에서 중요한 것은 노인이 잡은 마알린이 상어에게 다 뜯어 먹혀버렸다는 허망한 결과가 아닙니다. 망망한 바다 위로 떠 흐르는 별들과 그 속에서 홀로 자기와의 사투를 벌였던 노인의 실존적인 상황이 중요합니다.

그곳에는 신도 없었고, 대화를 할 수 있는 또 다른 인간이 있었던 것도 아니었습니다. 사투를 벌이는 마알린과 밤 하늘 위를 수놓은 별들, 지나가는 한 마리의 새, 도도하게 흐르는 해류 이것이 전부였습니다. 어느덧 이 모든 것은 노인의 일부가 되어버렸습니다. 노인의 존재와는 떨어질 수 없는 생명체로 변하고 말았습니다.

『노인과 바다』에서는 이처럼 신이 사라진 세계에서 진정한 자신을 찾아 나서는 한 인간의 고독한 사투가 그려지고 있습니다. 결과적으로 노인은 마알린을 상어에게 다 먹혀버리지만, 노인은 그 과정에서 실존적인 자기 자신과 마주쳤던 것입니다. 밤 하늘의 별과 한 마리의 새, 숨소리 없이 흐르는 바닷물 그리고 뼈다귀로 남은 마알린은 결국 노인을 이루는 생명체들이었던 것입니다. 노인과 결코 떨어질래야 떨어질 수 없는, 결국 노인 자신과 다름 아닌 한 존재였습니다.

3 색즉시공의 진리

모든 것이 불교입니다

'산은 산, 물은 물'입니다

생과 사는 하나이지 둘이 아닙니다

선악(善惡)의 시비(是非)는 허황한 분별입니다

이것이 있으므로 저것이 있습니다

중도(中道)가 부처님입니다

마음의 눈을 뜨면 현실이 극락입니다

모든 중생은 항상 있어 없어지지 않습니다

모든 것이 불교입니다

어떤 한 가지 견해나 입장에 근거하여 '다른 것은 모두 별 가치가 없는 것들'이라고 본다면 이는 진리의 길을 가는 데 가장 장애가 된다. 그러니 보고 듣고 배우고 사색한 것에 너무 사로잡혀서는 안 된다. 지혜에 관해서도 도덕에 관해서도 편견을 가져서는 절대로 안 된다. '나는 남과 동등하다. 나는 남보다 못하다. 나는 남보다 뛰어나다.' 이런 생각조차 하지 말아야 한다.

〈숫타니파타〉

미국의 정치학자 새뮤얼 헌팅턴은 "21세기는 과거 동서간 이데올로기의 격돌이 사라지면서 기독교와 이슬람권 문명의 충돌이 심화될 것"이라는 예측을 내놓은 바 있습니다. 최근 인도네시아와 이집트, 나이지리아 등에서 벌어지고 있는 기독교─이슬람간의 유혈충돌은 그 예측이 현실화되고 있다는 점에서 관심을 끌고 있습니다.

종교분쟁이 계속되고 있는 인도네시아 말루쿠 제도에서는 최근 두 종교간의 유혈충돌로 약 3백50명이 사망한 것으로 알려지고 있습니다. 말루쿠 제도에서는 99년 한해 동안 회교도와 기독교도간의 종교분쟁으로 1천2백 여명이 숨졌습니다.

이뿐만 아니라 이집트에서는 회교도와 기독교인들간의 연쇄 무력 충돌이 일어나 많은 사람이 숨졌으며, 나이지리아에서는 이슬람교도들의 기독교 교회 습격으로 긴장이 고조되고 있는 상황입니다.

기독교와 이슬람교는 본질적으로 다른 교리에다 이슬람교의 성장률이 기독교를 앞지르면서 포교과정에서 갈등을 빚어 왔습니다. 특히 인도네시아 이슬람교도들이 기독교인들에 대한 '성전'을 선포한 것처럼 세계 도처에서 양측의 대결이 빚어질 가능성은 상존하고 있는 상태입니다.

『잡아함경』 제46권 「전투경(戰鬪經)」을 보면 부처님 당시에도 전쟁이 있었음을 알 수 있습니다. 그러나 중요한 것은 어떤 경우에도 부처님은 싸움을 용인하지 않았다는 사실입니다. 모든 싸움은 정의(正義)를 가장하지만 사실은 이기심과 증오에서 비롯된다고 가르치고 있습니다.

불교의 연기법은 상생과 조화의 이치를 말합니다. 부처님은 서로 싸우는 종족들에게 이렇게 말씀하셨습니다. "싸워서 이기면 원수와 적만 더 늘어나고 패하면 괴로워서 누워도 편치 않다. 이기고 지는 것을 다 버리면 잘 때나 깨어 있을 때나 편안하리라."

세계 구석 구석에서 벌어지고 있는 심상치 않은 종교 분쟁들을 보자니, 더욱 성철 스님의 말씀이 가슴에 와 닿습니다. 기독교와 이슬람교 그리고 불교가 저 자신의 논리만을 주장하고, 다른 종교의 세계관을 죄악시하는 것은 잘못입니다. 가령, 반드시 그렇지는 않겠지만 "예수 믿고 천국 가세요."라는 말이 "예수말고 다른 종교 믿으면 지옥 간다."는 협박으로 들려서는 곤란한 일입니다.

깊고 넓은 사상이나 종교일수록 다른 종교에 관대합니다. 반대로 편협한 논리에 기반한 종교일수록 자신의 약점을 감추기 위해, 더욱 적극적으로 다른 종교를 부정하기도 합니다. 여타 종교의 논리를 다 인정하더라도 조금도 걱정하지 않고 또 안달하지 않을 정도의 종교야말로 우리가 소망하는 원대한 종교의 바다라 할 수 있습니다.

드넓은 바다의 해류는 어디에서 흘러와서 어디로 흘러가는지 알 수 없습니다. 또한 그 바다의 수면 위로 요동치는 파도와 흰 포말은 아주 사소한 일상에 지나지 않습니다. 이와 마찬가지로 대양처럼 드넓은 폭을 가진 종교는 다른 시각의 종교를 다 한 가슴으로 받아내고 다시 저 갈 길로 흘려보냅니다. 게다가 종교간의 견해 차이로 인한 갈등도 잘 덮어 줄 것입니다. '이기고 지는 것을 다 버리기', 이 정신이야 말로 성철 스님이나 법정 스님이 실천한 무소유의 정신입니다.

'산은 산, 물은 물'입니다

사리자여, 물질적 현상이 그 본질인 공과 다르지 않고(色不異空), 공 또한 물질적 현상과 다르지 않으니(空不異色), 물질적 현상이 곧 본질인 공이며(色卽是空), 공이 곧 물질적 현상이니라(空卽是色). 감각작용, 지각작용, 의지적 충동, 식별작용도 다 공이느니라.

〈반야심경〉

마음의 눈을 뜨면 자기의 본성, 즉 자성을 볼 수 있는데 그것을 '견성(見性)'이라고 합니다. 『대승기신론』에 보면 "보살지가 다하여 미세 망상을 멀리 떠나면 마음의 성품을 볼 수 있으니 이것을 구경각이라 한다." 하였습니다. 보살이 수행을 하여 마침내 십지와 등각을 넘어서서 가장 미세한 망상인 제8 아뢰야식의 근본 무명까지 완전히 떨쳐버리면 진여가 나타나는데, 그것이 바로 견성(見性)입니다.

그런데 과연 견성(見性)의 모습은 어떤 것일까요? "산은 산이고 물은 물이다."라는 말이 단서가 될 수 있습니다. 퇴옹 성철 스님이 남긴 이 법어는 문헌상으로 황벽의 『완릉록』에 나온 공안 "산은 산, 물은 물"이 효시입니다. 선학에서는 송대 임제종 황룡파 청원유신선사의 상당법어 "산은 산, 물은 물"이 공안으로 사용된 적이 있습니다.

'산은 산, 물은 물', 이 법어의 원래 모습은 다음과 같습니다.

① 山是山 水是水
② 山非山 水非水 山是水 水是山
③ 山是山 水是水

먼저 제1단계의 의미는 세상에 널려있는 모든 사물과 현상을 낱낱이 구별해 보는 것입니다. 모든 사물과 현상을 감각적으로 대하고 산과 물을 구별하는 앎입니다.

제2단계는 이렇게 구별하여 보는 관점에 대한 부정을 의미합니다. 산은 산이 아니고 물은 물이 아니라는 의미는 산과 물이 본래 하나라는 것입니다. 그러면 논리적으로 산은 물이 될 수 있고 물은 산이 될 수 있는 것입니다.

제2단계의 의미는 세상에 널려있는 모든 사물과 현상을 하나의 것으로 보는 관점이라 할 수 있습니다. 그 하나가 의미하는 것은 바로 공(空)입니다.

제3단계는 모든 것이 공(空)이라는 입장에서 산이 물이 되고, 물이

산이 되는 모순의 상태를 다시 극복한 긍정적이고 적극적인 자아의식이며 고차원적인 인식입니다. 바로 이 견성의 단계에서 '본래의 모습(本來面目)'을 뜻하는 '본지풍광(本地風光)'의 세상을 볼 수 있습니다. (불교연구가 김도공의 견해)

견성(見性)은 선종(禪宗)의 십우도에서 득우(得牛)로 그려지고 있습니다. 소를 잡긴 잡았는데, 이 소가 나와 처음 만나는 소이기 때문에 뿌리치고 도망가려고 하기에 이것을 도망가지 못하게 고삐를 꽉 잡고 있는 모습입니다.

생과 사는 하나이지 둘이 아닙니다

늙음과 죽음은 자기가 만든 것도 아니고, 남이 만든 것도 아니며, 자기와 남이 만든 것
도 아니다. 그렇다고 해서 원인 없이 만들어진 것도 아니다. 다만 태어남이 있기 때문
에 늙음과 죽음이 있을 뿐이다.

〈잡아함경〉

부처님께서 도를 깨치시고 처음으로 '상주불멸(常住不滅)'을 말했습
니다.

"기이하고 기이하다. 모든 중생이 다 항상 있어 없어지지 않는(常住
不滅) 불성(佛性)을 가지고 있구나! 그것을 모르고 헛되이 헤매며 한없
이 고생만 하니, 참으로 안타깝고 안타깝다."

상주불멸(常住不滅)과 함께 중요한 말인 '불생불멸(不生不滅)'은 반
야심경(般若心經)에 나오는 말인데, 그 뜻은 '생겨나지도 않고 없어지
지도 않는다'는 것입니다. 물질, 느낌, 생각, 의지, 판단 이 다섯 가지
의 인연으로 이루어진 모든 사물은 생기지도 없어지지도 않는다는 말

입니다.

여기 얼음이 한 덩어리 있다고 합시다. 얼음을 가만히 두었더니 점점 녹아 물이 되었습니다. 이것을 '얼음은 없어지고 물은 생겨났다'라고 할 수 있을까요? 또 그 물을 팔팔 끓였더니 김(수증기)이 나면서 물이 졸아들었습니다. 이것을 '물은 없어지고, 김이 생겨났다'고 말할 수 있을까요? 이 〈얼음 → 물 → 수증기〉의 변화 과정에서는 새로 생겨난 것도, 그리고 이미 있던 것이 없어진 것도 없습니다. 다만 얼음이란 물질이 인연이 모이고 흩어짐에 따라 물로 변화했다가 수증기로 변했을 뿐입니다. 처음엔 고체였던 것이 액체로 변하고 나중엔 기체로 변화했습니다. 만약 얼음이 '얼음'다운 실체가 고정되어 있다면 얼음은 물이 될 수 없습니다. 마찬가지로 액체인 물도 '물'의 성질이 고정되어서 영원하다면 물이 기체인 수증기가 될 수 없을 것입니다. 그런데 이렇게 모양이 변할 수 있는 것은 그 본질과 실체가 텅 비어 일정한 모양이 없기 때문입니다.

또 예를 들면, 양초에 불을 붙여 놓으면 점점 양초가 타 들어가서 나중에는 양초는 사라집니다. 그렇다고 양초가 없어졌다고 할 수 있을까요? 아닙니다. 양초는 비록 눈으로 볼 수는 없지만 공기 중에 빛과 연기로 모양을 바꾸어 그대로 있습니다. 이것을 〈에너지 보존의 법칙〉이라 합니다. 양초라는 물질에 불을 붙이면 양초는 빛과 열을 내면서 사라지지만 원래 양초가 가진 에너지는 그대로 어딘가에 보존되는 것입니다.

이 관점에서 보면 '윤회'를 믿을 수밖에 없습니다. 우리 인생도 태어나고 죽는 것이 아니라, 이 육신에서 저 육신에서 옷 바꿔 입듯 변화하는 것입니다. 이 세상 만물 그 어느 것도 새로 생겨나는 것도 없고 없어지는 것도 없습니다. 다만 모양의 변화만 있을 뿐입니다.

『돈오입도요문론』은 '불생불멸(不生不滅)'에 대해 이렇게 말하고 있습니다.

"경에 이르기를 '나지도 않고 없어지지도 않는다'고 하니 어떤 법이 나지 아니하며 어떤 법이 없어지지 아니하는 것입니까?"

"착하지 않음이 나지 않음이요, 착한 법은 없어지지 아니하느니라."

"어떤 것이 착함이며, 어떤 것이 착하지 않음입니까?"

"착하지 않음이란 염루심(분별심)이요, 착한 법이란 염루심이 없음이니 다만 염루가 없으면 곧 착하지 않음이 나지 않음이며, 염루가 없음을 얻었을 때에 곧 청정하고 둥글고 밝아 담연히 항상 고요해서 마침내 움직이지 아니하므로 착한 법이 없어지지 않는다고 하는 것이니, 이것이 곧 나지도 아니하고 없어지지도 아니한 것이니라."

선악(善惡)의 시비(是非)는
허황한 분별입니다

마음이 번뇌에 물들지 않고 생각이 흔들리지 않으며 선악을 초월하여 깨어 있는 사람에게는 그 어떤 두려움도 없다.

〈법구경〉

'선과 악'은 우리 인간 사회의 그 어떤 관념보다 무거운 것입니다. 기독교에서는 선악의 기원을 아담과 함께 이브가 선악을 알게 하는 실과를 따먹은 데서 찾습니다. "선악을 알게 하는 나무의 실과를 먹지 말라.(「창세기」 2:17)"고 한 하나님의 명령을 거역하면서 인간은 타락하게 되었다고 합니다.

하지만 관점에 따라 선악에 대한 개념은 다릅니다. 유가는 이 세상에 올바른 도덕 질서를 확립하기 위해서는 분명한 선악 판단의 기준을 세워야 한다고 했습니다. 공자는 인의 정신을 바탕으로 한 예를, 맹자는 인의예지의 본성을, 순자는 사회 규범으로서의 예를 선악 판단의 기준으로 내세웠습니다. 선과 악에 대한 차별의식을 강조한 것입니다.

그러나 장자는 이러한 선악 판단을 부정합니다. 선악 판단은 어디까지나 인위적인 것으로 자연의 본성과 질서에 어긋난다는 것입니다. 그리고 대부분의 선악 판단은 자신의 편협한 관점에 비추어 내린 것으로 보다 높은 도의 차원에서 내린 판단이 아니라는 것입니다.

도의 입장에서 보면 선과 악, 유와 무, 삶과 죽음 등은 차이가 없습니다. 그것은 한 하늘 아래 흐린 날과 맑은 날이 있는 것과 같습니다. 장자는 "원숭이는 편저와 짝을 이루고 고라니는 사슴과 짝이 된다. 미꾸라지는 물고기와 어울려 놀고, 모장과 여희는 사람들이 모두 아름답다고 여긴다. 그런데 모장과 여희를 보고 물고기는 물 속 깊이 들어가 버리고, 새는 높이 날아가고, 고라니와 사슴은 재빨리 도망가 버린다.", "사람이 습한 곳에서 자면 허리에 병이 나서 죽는다. 그런데 미꾸라지는 그러한가? 나무 위에 올라가면 사람은 두려워하는데 원숭이도 그러한가?" 라고 말하면서 사람들의 판단이 대부분 편협한 관점에 입각한 판단이라고 주장합니다. 장자는 도의 관점에서 모든 선악과 시비의 기준을 버리고 자연스럽게 살아갈 것을 강조했습니다.

불교에서는 일반적인 윤리는 선과 악의 분별 속에서 이루어진다고 합니다. 가령 선은 악과의 관계에서 악과 대립된, 상대적인 선이라고 말합니다. 악은 괴로운 과보를 가져오고, 선은 즐거운 과보를 가져온다고 하여, 부귀영화나 무병장수라는 미래의 즐거운 과보를 약속하지만 이 때문에 상대적인 선은 인간에게 집착심을 유발시킨다는 것입니다. 결국 선과 악의 상대적인 분별의 근저에는 끊임없이 흘러나오는 번뇌심이 작용하고 있음을 알 수 있습니다.

선과 악의 분별이 집착과 번뇌를 통해 이루어지는 이상, 악을 멈추고 선을 행한다고 해서 생로병사로 인한 근원적인 괴로움으로부터 벗어날 수는 없습니다. 괴로움의 완전한 소멸 상태인 열반에 이르기 위해서는 집착과 번뇌를 낳을 뿐인 이원적인 분별심 그 자체를 가라앉혀야 합니다.

윤리적으로 선과 악을 논하기에 앞서, 선과 악으로 분열되기 이전의 원래 상태 되돌아가, 상대적인 의미에서 선과 악에 매달려 머리를 아프게 하지말고, 오히려 보다 넓은 차원에서 선도 악도 넘어서야 합니다.

이렇게 선과 악을 초월하여 열반에 도달하는 것이야말로 진정한 의미에서 최고의 선이며, 선과 악의 상대적 분별과 대립이 끊어진 절대적인 선입니다. 또한 여기에서는 탐욕과 분노와 무지로 인해 끝없이 새어나오는 번뇌가 마침내 끊깁니다. 이처럼 선악 이전의, 선악의 경계선 너머의 본원적 절대성을 추구하는 것이야말로 타 종교에서는 찾아볼 수 없는 불교만의 윤리관입니다.

그러나 선악을 초월한다고 해서 선악을 무시한다는 것은 아닙니다. 오히려 그것은 선악 이전의 청정심의 자리로 돌아가, 그 자리를 윤리와 선악의 원천으로 삼음으로써, 아무 것에도 걸림이 없으면서도, 자신의 행위가 저절로 세간의 윤리 규범에 상응하여 전혀 잘못됨이 없는 상태로 된다는 것을 의미합니다.

이 지점이야말로 선악을 초월해 평화와 자유로 수놓은 행복의 물결이 항상 넘쳐흐르는 곳입니다.

이것이 있으므로 저것이 있습니다

이 모든 현상은 인연에 의해서 만들어졌으므로 단 한 순간도 같은 상태로 머물러 있지 않는다. 여기 태어난 것은 이윽고 소멸되어 간다. 그러나 이 생성과 소멸의 이원적인 차원을 넘어서게 되면 거기 영원한 법열의 세계인 니르바나(열반)가 있다. 니르바나로 가는 길이 있다.

〈대반열반경〉

〈연기법송(緣起法頌)〉

모든 것은 원인에서 생긴다 (諸法從緣起)

부처님은 그 원인을 말씀하셨다 (如來說是因)

모든 것은 원인에 따라 소멸한다 (彼法因緣盡)

이것이 부처님의 가르침이다 (是大沙門說)

연기는 인과법, 인연법, 연생연멸의 법칙이라고도 불립니다. 부처님은 이 연기의 법칙이 당신이 만든 것도 아니며, 부처님이 세상에 나오든 나오지 않든 간에 진리로서 변함 없는 것으로, 당신은 다만 이 진리를 깨달았을 뿐이라고 하셨습니다. 연기법은 세계와 인간에 대한 불변의 진리라는 것을 강조하신 것입니다.

아함부 경전에 "연기를 보는 자는 법을 보고, 법을 보는 자는 연기를 봅니다. 그리고 연기를 보는 자는 부처님을 본다."고 하였는데 여기서 부처님은 연기를 법, 부처님과 동일하게 간주하였다는 것을 알 수 있습니다.

미혹한 세계의 인과관계를 설명한 연기설을 12의 지분(支分)으로 정리한 것이 십이연기(十二緣起)입니다. 십이연기(十二緣起)는 12지연기 또는 12인연이라고도 합니다. 그 12의 지분은, 무명(無明)·행(行)·식(識)·명색(名色)·육처(六處)·촉(觸)·수(受)·애(愛)·취(取)·유(有)·생(生)·노사(老死)입니다.

1. 무명(無明) : 무상의 법칙성을 모르고 존재의 실상을 알지 못합니다. 연기의 진리를 통찰하지 못한 근원적 무지가 무명입니다.

2. 행(行) : 무상의 법칙성(생멸변화, 생주이멸, 무상변역)과 존재의 실상을 체득하지 못한 가운데 존재(나)가 형성되었습니다. 어떤 존재가 발생했습니다.

3. 식(識) : 근원적 무지, 원초적 무지의 존재가 존재의 실상을 체득하지 못한 채 인식 작용을 하게 됩니다.

4. 명색(名色) : 육체와 정신, 물질과 비물질을 말합니다. 오온(색수상행식)이 갖추어져서 완벽한 존재가 되었습니다.

5. 육처(六處) : 완벽한 존재를 바탕으로 육근(안이비설신의)이 생겼습니다.

6. 촉(觸) : 접촉을 말합니다. 앞의 육근이 육경이라는 대상을 만나 나타나는 지각(知覺)입니다. 인식작용을 말합니다.

7. 수(受) : 육근과 육경에서 세 가지 감수작용이 생깁니다. 괴로움, 즐거움, 괴롭지도 즐겁지도 않음을 삼수(三受)라 합니다.

8. 애(愛) : 그 존재가 나쁜 것은 싫어하고 좋은 것만 가까이 합니다. 그것이 애(愛)입니다. 부처님은 갈애(渴愛)라 했습니다. 목이 마른 사람이 심한 갈증을 느끼 는 것과 같은 것입니다.

9. 취(取) : 애욕(욕망)에 취착하게 됩니다.

10. 유(有) : 유는 업(業)입니다. 앞의 취는 업을 만드는 조건이 됩니다. 때문에 행(行)이 소극적인 의미의 존재를 발생시켰다면, 여기 유(有)는 적극적인 업을 발생시 키고 있습니다.

11. 생(生) : 업에 의하여 그 과보로 태어납니다.

12. 노사(老死) : 태어나는 것은 생멸변화가 반드시 있습니다.

중도(中道)가 부처님입니다

지나치게 인색하지 말고, 성내거나 질투하지 말라. 이기심을 채우고자 정의를 등지지 말고, 원망을 원망으로 갚지 말라. 위험에 직면하여 두려워 말고, 이익을 위해 남을 모함하지 말라.
객기 부려 만용하지 말고, 허약하여 비겁하지 말며, 지혜롭게 중도(中道)의 길을 가라. 이것이 지혜로운 이의 모습이다. 사나우면 남들이 꺼려하고, 나약하면 남이 업신여기나니, 사나움과 나약함을 버려 중도(中道)를 지켜라.

〈잡보 장경〉

최근 유럽 선진국가에서 주장하고 있는 제3의 길은 불교의 중도사상(中道思想)을 연상시킵니다. 그러나 중도사상은 요즘 유럽에서 제창되는 제3의 길보다는 훨씬 넓고 깊은 사상적 뿌리를 가지고 있습니다.

부처님의 '중도(中道)'는 진정한 삶이 무엇인가? 에 대한 답변이면서 아울러 또 하나의 새로운 화두를 던져줍니다. 부처님은 고통스러운 우리들의 현실세계에 대한 진단과 처방으로써 사성제(四聖諦)를 제시했습니다. 병에 대한 진단을 마친 부처님은 처방으로서 여덟 가지 바른 길을 제시했습니다.

그 길이 곧 중도의 실제인 팔정도(八正道)이자 성인의 도인 팔성도

(八聖道)입니다. 이 여덟 가지 중도가 바로 우리들의 삶의 지표가 됩니다. 여기서 '중(中)'은 '가장 올바른' 혹은 '치우침이 없는 것'을 말합니다. '도(道)'는 '길'이자 '진리'입니다. 즉 견해(見), 사유(思), 언어(語), 행위(業), 생활(命), 노력(精進), 기억(念), 선정(定) 여덟 가지의 '올바른(正) 길(道)'입니다. 이렇게 본다면 부처님의 중도는 진리에 사는 이들의 철저한 실천의 길입니다.

그런데 이러한 불교의 '중도'가 유교의 '중용(中庸)'과 같은가 다른가 하는 의문이 있습니다. '지나치거나 미치지 못함(過不及)' 혹은 '남거나 족하지 않음(餘不足)'의 뜻으로 널리 알려진 중용의 '중'은 "편벽되지 않고 치우치지 않으며, 지나치거나 미치지 않음이 없는 것의 이름이고, 용은 평상함이다(中者, 不偏不倚無過不及, 用平常也)"라고 합니다.

아울러 "편벽되지 않음을 '중'이라 이르고, 바뀌지 않음을 '용'이라 이르니 '중'은 천하의 바른 길이요, '용'은 천하의 정해진 이치이다"고 합니다. 또 『중용』은 "솔개는 날아서 하늘에 이르고, 물고기는 연못에서 도약한다. 중용의 도는 부부에서 실마리가 만들어진다.(鳶飛戾天, 魚躍于淵. 中庸之道, 造端乎夫婦)"고 결론짓고 있습니다.

이는 현실적 삶을 사는 남편(솔개-하늘)과 아내(물고기-연못)는 천리와 인욕의 긴장과 탄력의 삶 속에서 마땅히 있어야 할 자리에 있고 해야할 도리를 하는 것이라는 것입니다. 이렇게 본다면 지나치거나 모

자라지 않는 것을 지향한다는 점에서 지혜의 관점을 지향하는 중도와
는 다른 것입니다. 중도는 생겨나는 것과 소멸하는 것, 항상하는 것과
단절되는 것, 같은 것과 다른 것, 오는 것과 가는 것이라는 이항 대립
을 떠나 지혜에 의해 이뤄지기 때문입니다. (불교연구가 고영섭의 견해)

성철 스님은 '중도'를 부처님이라고 말합니다.

"자연계를 구성하고 있는 근본 요소인 에너지와 질량은 서로 다른
두 개의 존재로 생각해 왔습니다. 그러나 과학이 고도로 발달함에 따
라 에너지와 질량은 서로 다른 것이 아니라 일체(一體)에서 에너지가
질량이며 질량이 에너지임이 입증되었으니 이것이 중도의 한 원리입
니다.

자연계뿐만 아니라 우주 전체가 모를 때에는 제 각각으로 보이지마
는 알고 보면 모두 일체입니다. 착각된 허망한 분별인 시비선악 등을
고집하여 버리지 않으면 상호투쟁은 늘 계속되어 끝이 없습니다.

갈등, 대립과 투쟁은 자연히 소멸되고 융합자재한 일대단원이 있을
뿐입니다. 악한과 성인이 일체이며, 네 틀리고 내 옳은 것이 한 이치
이니, 호호탕탕한 자유세계에서 어디로 가나 웃음 뿐이요, 불평불만
은 찾아볼 수 없습니다.

대립이 영영 소멸된 이 세계에는 모두가 중도 아님이 없어서 부처
님만으로 가득 차 있으니, 이 중도실상(中道實相)의 부처님 세계가 우

주의 본 모습입니다.

우리는 본래의 평화의 꽃이 만발한 크나큰 낙원에서 살고 있습니다.

시비선악의 양쪽을 버리고 융합자재한 이 중도실상을 바로 봅시다.

여기에서 우리는 영원한 휴전을 하고 절대적 평화의 고향으로 돌아갑니다. 삼라만상이 일제히 입을 열어 중도를 노래하며 부처님을 찬양하는 이 거룩한 장관 속에서 손에 손을 맞잡고 다같이 행진합시다."

마음의 눈을 뜨면 현실이 극락입니다

마음은 모든 성자의 근원이며 만 가지 악의 주인이다. 해탈의 즐거움도 자신의 마음에서 오는 것이고, 윤회의 고통도 마음에서 온다. 그러므로 마음은 이 세상을 뛰어넘는 문이고 해탈로 나아가는 나루터. 일단 마음의 문을 열면 나아가지 못할까 걱정할 것 없고, 나루터를 알면 강 건너 기슭(피안)에 이르지 못할까 근심할 것 없다.

〈달마〉

불교에서는 특히 마음을 강조하고 또 마음을 바로 잡는 것을 중요시합니다. 대체 불교에서 말하는 마음은 어떤 것이길래, 성철 스님은 마음 눈을 뜨면 현실이 극락이라고 했을까요? 이것을 알려면 선(禪)을 이해해야할 듯합니다.

선(禪)이라는 말은 범어(梵語)의 드야나(dhyana)라고 하는 말을 음역한 것입니다. 원래 선나(禪那)라 하였다가 줄여서 선(禪)이라고 한 것입니다. 한마디로 '선(禪)은 마음을 닦는 일'이라고 할 수 있습니다.

이 같은 선(禪)을 이해하지 못하면 불교 중에서도 특히 선(禪)을 강조한 선종 계열의 성철 스님의 말씀을 이해하기 힘들 것입니다. 성철 스님은 그 누구보다 선(禪)을 강조했습니다. 스님이 입적하기 전에 참선을 잘하라는 말을 남겼습니다.

그만큼 중요한 선(禪)을 통해서 우리는 이 세상이 본래 본지풍광(本地風光)이며, 광명세계이고 극락이라는 사실을 깨달아야 합니다.

『달마관심론』에서는 다음과 같이 선(禪)에 대해 말하고 있습니다.

"마음을 관하는 이 한 가지 법이 모든 행을 다 거두어 들이는 것이니, 이 법이 가장 간결하고 요긴하다. 마음이란 모든 것의 근본이므로 모든 현상은 오직 마음에서 일어난 것. 그러므로 마음을 깨달으면 만 가지 행을 다 갖추게 된다."

『유마경』에서는 선(禪)에 대해 이렇게 말하고 있습니다.

"앉아 있다고 해서 그것을 좌선이라고 할 수 없다. 현실 속에서 살면서도 몸과 마음이 움직이지 않는 것을 좌선이라 한다. 생각이 쉬어버린 무심한 경지에 있으면서도 온갖 행위를 할 수 있는 것을 좌선이라 한다. 마음이 고요에 빠지지 않고 또 밖으로 흩어지지 않는 것을 좌선이라 한다. 번뇌를 끊지 않고 열반에 드는 것을 좌선이라 한다. 이와 같이 앉을 수 있다면 이는 부처님이 인정하는 좌선일 것이다."

젊은 시절 성철 스님은 출가를 하지 않은 상태에서 한 사찰에 들어가 참선을 했다고 합니다. 24시간 자지 않고 허리를 꼿꼿이 세운 채로 용왕정진을 했는데, 42일째 되는 날 '동정일여(動靜一如)'가 되었다고 합니다. '동정일여(動靜一如)'란 오나 가나, 앉으나 서나, 말할 때나 묵언할 때나, 조용하거나 시끄럽거나 상관없이 화두라는 의심 덩어리가 머릿속에 가득한 마음의 경지를 일컫는 말입니다.

투철한 참선 끝에 얻어진 깨달음은 이 세상은 본래 극락이라는 사실일 것입니다. 이 사실을 지식이 아닌 체험으로 알려면, 우리 모두 바쁜 세상의 쳇바퀴에서 떨어져 나와 화두를 붙들고 '참선(參禪)'을 해야 할 것입니다.

정성 다한 '참선(參禪)' 속에서 마음의 눈이 저절로 뜨이고, 광채를 내는 극락 세상이 보일 것입니다. 성철 스님은 다음처럼 말씀하고 계십니다.

"설사 억천만겁 동안 나의 깊고 묘한 법문을 다 외운다 하더라도 단 하루동안 도를 닦아 마음을 밝힘만 못하느니라. 내가 아난과 같이 멀고 먼 전생부터 같이 도에 들어왔다. 아난은 항상 글을 좋아하여 글 배우는 데만 힘썼기 때문에 여태껏 성불하지 못하였다. 나는 그와 반대로 참선에만 힘써 도를 닦았기 때문에 벌써 성불하였다." 이러한 부처님의 말씀에 따라 수도자는 참선에 힘써야합니다.

모든 중생은 항상 있어 없어지지 않습니다

아, 늙음과 죽음과 병듦, 이것이 젊음을 짓밟는구나. 처음에는 그처럼 즐겁더니 이제
는 죽음의 핍박을 받는구나. 그러므로 불멸을 구하고자 한다면 오직 깨달음의 길이
있을 뿐이다. 거기에는 태어남도 죽음도 모두 없기 때문에.

〈잡비유경〉

인간의 근원적인 슬픔은 어디에서 올까요? 태어나서 자라고 늙어
죽는 게 간단한 인간의 생물학적인 그래프가 되겠지요. 그 가운데서
인간은 크고 작은 고통과 슬픔을 겪습니다. 그러나 그 모든 슬픔보다
더 절대적으로 우리 인간을 절망하게 하는 것은 무엇일까요?

맞습니다. 바로 죽음입니다. 이 죽음 앞에서는 현대 첨단과학도 두
손을 들었고, 또한 역사상의 많은 성인군자들도 무릎을 꿇었습니다.

종교는 우리 인간의 근원적인 슬픔을 치유하기 위해 존재합니다.
종교를 통해서 내 주변의 지인들의 죽음을 너그러이 인정할 수 있고,
또 다른 세계에서의 삶을 빌어주기도 합니다. 종교는 우리 인간의 너

무나 짧은 삶을 보다 오래 지속시키려는 목적을 가지고 있다고 보아도 될 것입니다.

너무나 유명한 일화이지만 석가모니가 출가해서 열반을 얻는 계기가 된 것도 인간의 죽음(늙음) 때문이었습니다.

"비구들이여, 나는 그와 같은 생활을 하면서 생각하였다. 어리석은 자는 자기 자신이 늙어 가는 몸이면서도 아직 늙음을 벗어난 줄 모르기 때문에 다른 사람의 늙은 모습을 보면 자기 자신의 늙음은 잊어버린 채 싫어하고 혐오한다. 생각해 보면 나 또한 늙어가는 몸이다. 늙음을 피하는 것은 불가능하다. 그런데도 다른 사람이 늙고 쇠약해진 모습이라고 해서 싫어하고 혐오하는 것은 내가 보기에는 타당치 않은 것이다. 비구들이여, 이와 같이 생각하자 내 청춘의 교만은 모두 끊어져 버렸다."

이와 같은 인간의 늙음과 죽음에 대한 뼈저린 통찰 이후 석가모니는 보리수 아래에서 깨달음을 얻을 수 있었습니다. 인간을 포함해서 생명 있는 모든 것은 죽어 없어지지 않는다는 깨달음을 얻은 것입니다.

우리나라의 유명한 성리학자인 화담 서경덕도 다음과 같은 말을 했습니다.

"사람이 죽어 없어지는 건 형체와 혼백이 없어지는 것일 뿐이다. 담일청허한 기가 모인 것은 끝내 없어지지 않으며, 태허의 담일청허한

기 속으로 흩어져 일기와 합해진다"

기(氣) 철학자로 알려진 화담 서경덕은 인간은 죽더라고 인간을 구성하는 기는 없어지지 않는다고 했습니다. 다만 헌 옷가지처럼 육체를 벗어버릴 뿐이라는 것입니다.

시간적으로 볼 때, 인도에서 출발한 불교의 세계관이 성리학의 세계관보다 앞서고 또 그러기 때문에 성리학의 '기의 불멸론'은 불교의 '영혼 불멸론'의 영향을 받았을지도 모릅니다.

중요한 것은 불교든 성리학이든 인간은 결코 '망하지 않는다'는 사실입니다. 현상적으로 인간은 한 줌의 흙으로 돌아가지만 인간은 결코 '죽지 않는다'는 사실을, 성철 스님은 우리들에게 설파하고 계십니다.

우리는 인류 역사의 어느 시점부터 인간은 죽어 없어지는 것으로, 기계의 부품처럼 고장나면 버려야하는 것으로 인식해왔습니다. 하지만 그것은 아주 최근의 일입니다. 긴긴 역사의 대부분의 시절에 우리 인간은 결코 인간은 죽어 사라지지 않는다는 신념을 가지고 있었습니다.

그 신념이 미신으로 치부된 것은 현대 산업사회에서의 일입니다. 다행스러운 것은 이런 물질 문명 사회 속에서도 종교의 불은 꺼지지 않고 더 활활 타오르고 있고, 우리 인간은 지속적으로 영원을 꿈꾼다는 사실입니다. 특정 종교와는 상관없이 우리는 우리의 영원성을 굳게 믿어야 합니다.

성철 스님은 강조합니다.

"생사란 모를 때는 생사입니다. 눈을 감고 나면 캄캄하듯이. 알고 보면, 눈을 뜨면 광명입니다. 생사라 하지만 본래 생사는 없습니다. 생사 이대로가 열반이고, 이대로가 해탈입니다. 윤회를 이야기하는데 윤회라는 것도 눈감고 하는 소리입니다. 물론 사람이 몸을 받고 또 받고 하여 이어지지만, 모르는 사람은 그것을 윤회라고 하는데 아는 사람이 볼 때는 그것은 자유입니다. 일체 만법이 해탈이 아닌 것이 없습니다. 현실을 바로만 보면, 마음의 눈만 뜨면 지상이 극락입니다."

4 사회의 구원을 위하여

부처님은 이 세상을 구원하러 오신 것이 아닙니다

불교에는 '구제사업'이 없습니다

불교에는 '용서'란 없습니다

오늘은 당신네의 생일이니 축하합니다

지도자는 사리사욕을 버려야합니다

진짜 큰 도둑은 성인인 체하는 사람입니다

정신이 위주가 되어 물질을 지배해야합니다

기업은 사회적 사명을 자각해야합니다

부처님은 이 세상을
구원하러 오신 것이 아닙니다

지나간 것(과거)을 쫓아가지 마라. 오지 않는 것(미래)을 바라지 말라. 과거는 이미 지나가 버렸고 미래는 아직 오지 않았다. 그리고 지금 현재도 잘 관찰해 보면 순간 순간 변해가고 있다. 그러므로 '지금, 여기'를 살도록 노력하지 않으면 안 된다.

〈중부경전〉

모든 종교의 목적을 구원이라고 하면 지나친 단순화일까요? 인류 역사상 크고 작은 종교가 생겨나서 한 시대를 풍미하다가 사라지기도 했지만, 그런 가운데에서도 지금까지 살아남아 거대한 조직으로 성장한 종교도 있습니다.

불교, 기독교, 이슬람교 이 세 종교는 인류를 삼분할 정도로 많은 신도를 거느리고 있을 만큼 막강한 위력을 떨치고 있습니다.

이들 각 종교는 교리나 세계관이 다를지 모르지만 근본적으로 보면 일치하는 것 같습니다. 현세의 삶에서 오는 온갖 고통으로부터 우리를 구원해줄 뿐만 아니라 죽은 후의 내세에서도 영원한 행복을 약속해 주는 것이 이들 종교의 공통된 특징입니다.

무엇보다 이 종교가 우리 인간에게 가장 커다란 호소력을 주는 까닭은 내세의 구원을 약속해 준다는 점일 것입니다. "예수 믿고 천당 가세요."라는 말을 누구나 자주 들어 보았을 것입니다. 이 말을 극단적으로 이해할 경우, "예수 안 믿으면 지옥 간다."로 들릴 정도로 심리적 압박감을 주는 게 사실이기도 합니다.

그런데 논리적으로 보면 기독교 믿는 사람이 볼때 불교, 이슬람교 믿는 사람은 틀림없이 지옥에 갈 것이고, 이와 마찬가지로 불교 믿는 사람이 볼때 기독교, 이슬람교 믿는 사람은 다들 지옥의 나락으로 떨어질 테고, 이슬람교도의 입장에서 보면 기독교 신자와 불교 신자는 빠짐없이 지옥에 가야할 것입니다. 이 근원적인 논리적 딜레마를 해결할 방도는 없을까요?

성철 스님은 우리에게 이를 해결할 지혜를 보여주십니다. 구원은 이미 이루어져 있으므로, 그것을 재발견하라고 하십니다. 이와 같은 견해는 이미 오래전에 육조 혜능도 가지고 있었습니다.

한 사람이 찾아와 육조 혜능에게 물었습니다.

"세상 사람들이나 스님들은 항상 아미타불을 찾으며 서방 극락을 염원하고 있는데, 대사 생각엔 그들이 정말 극락에 갈 수 있다고 보십니까?"

혜능이 잘라 말했습니다.

"아니 못가. 극락을 가고자 하면 극락은 더 멀어지는 법이거든."

"그러면 어떤 사람이 극락에 갈 수 있습니까?"

"깨친 사람."

"어떻게 깨친 사람은 극락에 간단 말입니까?"

"손바닥 뒤집듯이 간단하지. 지금 당장이라도 극락을 보여주랴?"

그러자 눈이 휘둥그레진 남자가 대답했습니다.

"여기서 볼 수만 있다면 더 바랄 것이 있겠습니까?"

그 순간 혜능은 손바닥을 쫙 펴며 말했습니다.

"자 봐라. 여기 극락 세계가 보이느냐? 어때 틀림없지?"

이 이야기를 통해 우리가 알 수 있는 것은 극락에 갈 수 있는 사람은 '깨친 사람'이라는 점입니다. 그리고 '깨친 사람'은 극락을 멀리서 찾지 않고, 펼쳐진 손바닥에서 발견하는 사람입니다. 진정한 의미에서 극락은 멀리에 있지 않고 바로 우리 곁에 있다는 사실을 깨닫는 것이 구원의 첫걸음입니다.

우리 모두 가슴이 울릴 정도로 외쳐보십시다. "나는 구원받았다!"라고.

불교에는 '구제사업'이 없습니다

선(善)에는 일곱 가지가 있다. 고난을 만나더라도 버리지 않고, 가난하다고 하더라도 버리지 않고, 자신의 어려운 일을 상의하고, 서로 도와주고, 하기 어려운 일을 해주고, 주기 어려운 것을 주고, 참기 어려운 것을 참는 것이니라.

〈사분율〉

누구나 지하철을 타면서 장님 걸인이 하모니카를 불고 지나가면, 동전을 몇 개 넣어줄까 말까 망설였을 것입니다. 혹은 지하철 계단에 쪼그리고 앉아 있는 걸인을 보고 잠깐 발걸음을 멈추고 호주머니를 뒤졌을 것입니다.

그때 우리의 마음을 움직인 것은 무엇이었을까요? 불교에서는 자비심이라 하고, 기독교에서는 사랑이라고 합니다. 그것을 대체로 종교와는 상관없이 '연민(憐憫)'이나 '동정(同情)'이라고 하는 데에 다들 동의할 것입니다. 그리고 우리 인간에게는 그러한 착한 본성이 내재해 있다고 동의할 것입니다. 다만, 우리에게 보석처럼 반짝이는 사랑의 마음이 세상의 때에 묻혀 가려져 있는 것입니다.

우리는 남을 위해 봉사하는 일의 중요성은 알고 있지만 그보다 더 중요한 마음가짐이 잘못된 것은 모르는 듯합니다. 성철 스님은 단지 우리보다 못한 사람이 불쌍해서 도와주는 것은 잘못이라고 합니다. 우리보다 못한 사람이라는 구별하는 마음을 가지고 남을 도와주는 것은 잘못되었다고 합니다.

우리는 흔히 가난한 사람이나 장애인이나 할 것 없이 그들이 우리 평범한 사람도보다 열등하기 때문에 그들을 도와줍니다. 절대 나하고 비슷한 처지의 사람이나 나보다 더 나은 처지의 사람을 도와 주려고는 하지 않습니다.

그런데, 성철 스님은 단호히 우리의 동정심을 꾸짖습니다. 남을 동정하는 것은 남을 무시하는 일이라는 것입니다. 세상의 모든 사람이 다 똑 같은 부처님인데, 단지 세상에 나타난 모습이나 사회적 처지가 다를 뿐이라는 것입니다.

이렇게 되면 이제 우리는 그간에 잘못된 우리의 선행심(善行心)을 바르게 조정해야 할 것입니다. 남을 위해 선행을 베푸는 것만큼 좋은 일이 없지만 그보다 더 중요한 것은 우리의 마음가짐입니다. 부처님을 대하듯이 한없이 존경하는 마음으로 우리 주변에 소외된 이웃을 돌보아야 할 것입니다.

상대의 인격을 존중하는 자비를 통해서 헐벗은 사람은 물질적 도움을 얻고, 장애인들은 자립적인 생활의 의욕을 가지게 될 것입니다. 또한 자비를 베푸는 사람은 헐벗은 사람, 장애인을 보고 다시금 부처님을 마음에 되새기는 계기를 가지게 될 것입니다. 이것이야말로 불교에서 말하는 진정한 의미의 자비요, 사랑입니다.

앞으로는 지하철에서 마주친 장님 걸인이나, 계단에 쪼그리고 앉은 걸인을 보고 '동정심(同情心)'을 일으키는 일이 없어야 하겠습니다. 그들을 보고 잠시라도 내가 우쭐한 적이 있었다면, 그리고 그러한 마음에서 그들에게 동냥을 하려고 했다면 큰 잘못입니다. 다시는 부처님을 몰라보고 큰 무례를 저지르는 일이 없어야 하겠습니다.

차별 없는 자비심을 강조한 성철 스님은 또 다음과 같이 말씀하셨습니다. 인과의 법칙에 따라 영원(해탈)에 이르기 위해서는 진정으로 이 세상에서 불멸의 길을 닦으라 했는데, 불멸의 길은 곧 중생에게 차별 없는 자비를 베푸는 일인 것입니다.

"만사가 인과의 법칙을 벗어나는 일은 하나도 없으니, 무슨 결과든지 그 원인에 정비례합니다.

콩 심은 데 콩 나고, 팥 심은 데 팥 나는 것이 우주의 원칙입니다. 콩 심은 데 팥 나는 법 없고 팥 심은 데 콩 나는 법 없으니, 나의 모든 결과는 모두 나의 노력 여하에 따라 결과를 맺습니다.

불법도 그와 마찬가지로, 천만사가 다 인과법을 떠나지 않습니다. 세상의 허망한 영화에 얽매이지 않고 오로지 불멸의 길을 닦는 사람만이 영원에 들어갈 수 있습니다."

우리는 법정 스님이 남긴 많은 저서를 통해 그 분의 사상을 읽었습니다. 그에 비해 성철 스님은 우리에게 저작물로 말하는 것은 별로 없었습니다. 생활하면서 그때 그때 산 교훈을 주었습니다. 어떻게 보면 성철 스님은 그 어떤 스님보다 스승다운 스승, 진정한 무소유의 삶을 사셨다고 말할 수 있습니다.

불교에는 '용서'란 없습니다

항상 참회하는 마음으로 살아야 한다. 참회하는 마음은 모든 장엄 중에서 으뜸이 되니라. 참회하는 마음은 쇠갈고리와 같아서 능히 인간의 잘못된 마음을 억제하나니, 모든 선남자·선여인들은 항상 참회하는 마음을 잊지 말아야 하느니라.

〈불유교경〉

이 세상에 상처 없는 사람이 있을까요? 육체적 상처든 정신적 상처든 다들 남모르는 상처를 안고 살아가지 않을까요? 어떤 사람은 그 상처로 평생 그늘져 살아가고, 또 어떤 사람은 그 상처를 극복해서 살아 갈 것입니다.

우리는 수많은 상처를 입고 살아갑니다. 상처받지 않고 살아가는 사람은 없으며 상처주지 않고 살아가는 사람도 없습니다. 매일 밥을 먹으며 살지만 실은 상처의 밥과 상처로 끓인 국을 먹고산다고 할 수 있습니다. 상처의 밥과 국을 어떻게 소화시키느냐 하는 문제만 남아 있을 뿐 밥을 먹지 않고는 살 수 없듯이 상처 또한 먹지 않고는 살 수 없는 것이 현실입니다.

상처는 멀리있는 사람보다는 친하고 가까운 사람, 그것도 가장 가까운 사람에게 가장 큰 아픔을 줍니다. 아내는 남편한테 남편은 아내한테, 어머니는 아들한테 아들은 어머니한테 가장 깊고 아픈 상처를 주기도 하고 받기도 합니다.

오늘의 삶이 고통스러운 것은 돈이 없기 때문이라기보다 바로 그 상처에서 오는 고통때문입니다. 그 고통을 부여안고 어떻게 할 것인가 하고 안절부절하다가 생을 마치게 되는 것이 우리 생입니다.

우리 모두 크고 작은 상처투성이 속에서 괴로워하며 하루하루를 삽니다. 깜박 잊고 있다가도 어느 한 순간 상처의 불길이 다시 활활 타올라 몸과 마음을 태웁니다. 참으로 고통스럽습니다.

바로 이 상처를 치유하기 위해서는 '용서'밖에 다른 길이 없습니다. 용서한다는 것은 추상적인 행위가 아니라 구체적 의지의 행위이며, 용서한다고 일단 의지를 세우고 결단을 내리라고 말합니다. 그 결단의 뒤에 오는 문제, 용서하겠다는 의지를 가지고 입 밖으로 용서한다고 말을 했다 하더라도 그 뒤에 자꾸 또 마음이 괴로워지는 것은 인간으로서 당연한 일입니다. 문제는 나 자신이 용서를 하겠다는 의지가 있느냐 없느냐는 것이 무엇보다 중요합니다.

스승 예수를 배반한 가롯 유다와 베드로의 삶은 왜 우리가 자신의 잘못을 먼저 용서해야 하느냐는 문제에 대해 명쾌한 해답을 제시합니다. 스승 예수를 배반한 사실은 둘 다 똑같으나 삶의 결과가 천국과 지옥만큼 다른 것은 바로 자신을 용서했느냐, 하지 않았느냐 하는 문제 때문입니다.

가롯 유다는 자신의 잘못을 용서하지 않았기 때문에 괴로워하다가 나무에 목매어 자살해버렸고, 베드로는 자신의 잘못을 스스로 용서했기 때문에 순교를 통해 스승과 교회를 위한 초석이 될 수 있습니다.

무엇보다 제일 먼저 나 자신을 용서해야 합니다. 나 자신을 용서하는 일이야말로 참회하는 일입니다. 스스로 참회함으로써 나 자신을 사랑하고, 나 자신을 사랑함으로써 남도 사랑할 수 있어야 합니다. 나 자신도 사랑하지 않으면서 어떻게 남을 사랑할 수 있을까요?

성철 스님도 남을 용서하기보다는 참회를 하라고 말씀하였습니다. 용서를 한다는 것은 상대방보다 내가 더 우월하다는 것입니다. 나 먼저 나 자신을 용서(참회)함으로써 나에게 상처 준 자를 사랑할 수 있는 힘과 용기를 얻어야 할 것입니다.

오늘은 당신네의 생일이니 축하합니다

내 인생에서 가장 행복한 날은 언제인가. 바로 오늘이다. 내 삶에서 절정의 날은 언제
인가. 바로 오늘이다. 내 생애에서 가장 귀중한 날은 언제인가. 바로 오늘, '지금 여기'
이다. 어제는 지나간 오늘이요 내일은 다가오는 오늘이다. 그러므로 '오늘' 하루 하루
를 이 삶의 전부로 느끼며 살아야 한다.

〈벽암록〉

외국의 한 명상 수행가는 "인간이 살아있다는 것 자체가 기적"이라
고 말했습니다. 우리는 다들 저절로 태어나서 살아가는 동안 삶을 관
습으로 받아들이면서, 그 사실을 영영 잊어버리고 있습니다. 우연히
얻어진 우리의 삶을 어떨 때는 지겹다고, 또 어떨 때는 죽는 것보다
못하다고 말하게 됩니다. 이 모든 게 삶의 경이를 모르기 때문이고 삶
의 기적을 무시하는 말입니다.

우리는 매 순간 기적을 경험하고 있습니다. 두 눈에 비쳐 들어오는
산과 바다, 그리고 각양각색의 인간들과 온갖 인간 사회의 진풍경들.
이것들 하나 하나가 기적입니다. 한번 두 눈을 감고 귀도 막고나서 아

주 생각도 없는 상태로 몇 시간이고 지내보십시오. 한마디로 캄캄한 동굴에 갇혀 있는 기분이 들것입니다. 그런 상태의 괴로움을 아는 사람만이 이 삶의 기쁨을 알 수 있을 것입니다.

요즘 현대 생활에 찌든 도시인들이 종종 명상 센터나 산사를 찾아가서 몸과 마음을 정화시키는 것을 보게 됩니다. 급속한 싸이클로 반복되는 현대 도시의 생활은 기계가 아닌 생물인 인간이면 누구나 당연히 고장나게 하고 맙니다.

몸에서, 마음 한 구석에서 그 고장이 기미가 느껴질 때 사람들이 하나 둘 홀로 자신의 내면을 찾아 나서게 됩니다. 그 내면에는 수돗물이 아닌 맑고 시린 샘물로 가득 차 있습니다. 그 내면에 자신을 몇 시간이고 담그고 나서 다시 본래 의식으로 돌아와 본 사람은 압니다. 환한 세상이 축제를 벌이고 있는 듯한 느낌이 몸속에서 솟구칠 것입니다.

산사에서 화두를 붙들고 선을 하는 스님이나, 빌딩 틈바구니의 명상센터에서 명상을 하는 사람이나 다 그것을 경험하는 것입니다. 본래 이 세상은 축제이고, 이 삶은 매순간 경이로 가득 차 있다는 것을 깨닫게 될 것입니다.

성철 스님은 무소유와 수십 년간의 장좌불와의 수련 속에서 그 사실을 진작에 깨달았습니다. 이 세상의 모든 것은 부처님이고 날마다 생일을 맞고 있다는 사실을 말입니다. 우리들만 모르고 있었습니다. 그 어떤 부와 명예보다 더 절대적인 사실을 우리만 모르고 있었습니다.

오늘은 우리의 생일입니다. 부처님의 생일입니다. 우리 모두 손뼉 치며 노래 부르며 경사를 함께 나누어야 할 일입니다. 생의 축제의 주인은 바로 당신입니다.

몇 푼의 돈에, 지푸라기 같은 명예에 이 소중한 진실을 망각하지 말아야 합니다.

지도자는 사리사욕을 버려야합니다

욕심 없는 사람에게는 마음의 고통이 존재하지 않는다. 진실로 속박에서 벗어난 사람은 모든 공포를 초월한다. 헛된 삶으로 이끄는 그릇된 집착을 버리고 세상을 있는 그대로 볼때, 죽음에 대한 공포는 사라진다. 무거운 짐을 내려놓고 나면 이제 더 이상 무거울 것이 없는 것처럼. 집착을 여의고 애써 노력하며 피안에 이른 사람은 목숨을 다한 것에 만족한다. 감옥에서 풀려난 죄수처럼. 진리의 최고 경지에 도달하여 세상에 대해 아무런 아쉬움도 없는 사람은 죽음을 슬퍼하지 않는다. 불타오르는 집에서 무사히 빠져 나온 사람처럼.

〈아함경〉

이 나라의 지도자를 뽑는 대선이 개국이래 수 차례 열렸습니다. 그동안 대통령 후보로 나선 사람만 해도 수십여 명은 넘습니다. 하지만 그 중에서 이 나라의 지도자로 선택되는 행운을 누리는 사람은 매번 단 한 명에 불과합니다. 때문에 서로 한 치의 양보도 없이 치열하게 대선 레이스를 벌입니다.

이처럼 한 나라의 지도자가 되겠다고 나서는 사람이 많은 것은 그만큼 재질이 뛰어난 인재가 많다는 증거이기도 하기 때문에 다행이라 할 수 있습니다. 하지만 지난 우리의 정치사를 돌이켜 보면 그렇지만은 않은 것 같아 한숨이 절로 터져 나옵니다.

뛰어난 학력과 정치적 권력을 가진 숱한 정치가들이 대통령이 되겠다고 나섰고, 또 그 중에 한 명이 대통령으로 선출되었지만 모두들 아시는 바와 같이 이 나라의 정치는 국민의 우롱의 대상이 되고 말았습니다.

대체 그처럼 훌륭한 경륜을 지닌 대통령이 왜 국정운영에 실패했을까요? 그리고 왜 국민들이 전직 대통령을 존경하기보다는 법정에 세워 단죄하는 것일까요? 전직 대통령은 하나같이 죄인의 길을 가고 말았다고 보아도 무리가 되지 않기 때문입니다.

한 나라의 지도자와 그 아들이 법정을 들락거리는 이 사회, 어떻게 하면 제대로 된 대통령을 만날 수 있을까요? 나라를 위해 최선을 다하지는 못할망정 이제는 다만 죄라도 짓지 않는 대통령이 나오길 빌게 됩니다.

여기서 우리는 백범 김구 선생의 『백범일지』를 들여다보는 게 의미가 있을 것 같습니다. 이 나라의 독립을 위해 전 생애를 바친 위대한 민족 지도자의 말씀을 통해 진정한 지도자의 철학은 어떤 것인지를 알아봅시다.

"나는 우리나라가 세계에서 가장 아름다운 나라가 되기를 원한다. 가장 부강한 나라가 되기를 원하는 것은 아니다. 내가 남의 침략에 가슴이 아팠으니, 내 나라가 남을 침략하는 것을 원치 아니한다. 우리의 부력(富力)은 우리의 생활을 풍족히 할 만하고, 우리의 강력(强力)은 남의 침략을 막을 만하면 족하다. 오직 한없이 가지고 싶은 것은 높은 문화의 힘이다. 문화의 힘은 우리 자신을 행복하게 하고, 나아가서 남에게 행복을 주겠기 때문이다. 지금 인류에게 부족한 것은 무력도 아니오, 경제력도 아니다. 자연과학의 힘은 아무리 많아도 좋으나, 인류 전체로 보면 현재의 자연과학만 가지고도 편안히 살아가기에 넉넉하다.

인류가 현재에 불행한 근본 이유는 인의가 부족하고, 자비가 부족하고, 사랑이 부족한 때문이다. 이 마음만 발달이 되면 현재의 물질력으로 20억이 다 편안히 살아갈 수 있을 것이다. 인류의 이 정신을 배양하는 것은 오직 문화다. 나는 우리나라가 남의 것을 모방하는 나라가 되지 말고, 이러한 높고 새로운 문화의 근원이 되고, 목표가 되고, 모범이 되기를 원한다. 그래서 진정한 세계의 평화가 우리나라에서, 우리나라로 말미암아서 세계에 실현되기를 원한다."

이처럼 위대한 지도자 김구 선생님은 자신만의 분명한 국가관을 가지고 있었습니다. 위대한 지도자치고 자신만의 뚜렷한 국가관을 가지지 않은 사람은 없습니다.

이제 21세기를 맞이한 우리나라에도 사리사욕이 없는 지도자가 나타나 자신만의 투철한 국가관을 내세우고 이 나라를 이끌어 가야할 것입니다.

아무쪼록 이 나라의 지도자들은 성철 스님의 말씀을 가슴에 새겨두었으면 하는 바람입니다.

진짜 큰 도둑은 성인인 체하는 사람입니다

진리를 아는 사람은 견해나 사상에 대해서 자만심을 갖지 않는다. 그는 또한 종교적 행위에도 끌려가지 않으며 마음의 어떤 유혹에도 끌려가지 않는다. 차별의 생각에서 벗어난 사람에게는 더 이상 속박이 있을 수 없다. 지혜를 통해서 자유를 얻은 사람에게는 미망이나 착각이 있을 수 없다. 그러나 편견을 고집하고 있는 사람들은 서로 충돌하면서 이 세상을 살아간다.

〈숫타니파타〉

언제쯤이면 이 세상에 도둑이 없는 날이 찾아올까요? 도대체 어떻게 하면 도둑이 없는 세상이 될까요?

어떤 생물학자는 본래 몇몇 인간에게는 범죄 유전자가 있다고 합니다. 범죄를 저지르는 사람의 피를 통해 또 범죄를 저지르는 후손이 나온다는 것이지요. 이렇게 되면 범죄는 특정 집단만의 못미더운 전유물이 되고 맙니다. 반대로 전혀 범죄를 짓지 않는 특정 부류도 생기게 됩니다.

이것은 하나의 가설로 일정 정도 수긍이 될 수 있습니다. 그러나 그 이상으로 가면 이 '가설'은 또 다른 '범죄' 이데올로기가 될 수도 있습니다. 인간 사이의 평등하고 조화로운 관계를 이것은 여지없이 짓밟아버리기 때문입니다. 범죄 유전자를 가진 특정 집단을 범주화하고 이들을 사회적으로 관리 통제하게 되면 상상을 초월하는 반인륜적인 범죄 행위가 나올 수 있습니다.

잠깐 이야기가 비켜갔는데, 다시 본론으로 돌아가 보겠습니다. 도둑질이 인간 본래의 본성에 기인하건 아니면 사회적 환경에 기인하건, 어쨌든 도둑 없는 세상을 기원하는 것은 사람이면 다 같이 소망하게 마련입니다.

우리는 도둑하면 좀 도둑이나 연상하게 되는데, 성철 스님은 큰 도둑에 대해 말씀하고 있습니다. 기껏해야 남의 집 돈을 훔치거나 은행을 터는 도둑을 생각하기 마련이지만, 성철 스님은 그것보다 더 큰 도둑이 이 사회에 활개치고 있다는 사실을 말씀하십니다.

지금은 전 세계 대부분의 나라가 자유민주주의가 사회 운영 원리로 삼고 있지만, 지난 세기에는 제국주의 시대였습니다. 이때는 무력으로 남의 나라를 강탈하고 수많은 인명을 살상하는 일이 비일비재했습니다. 한마디로 도둑의 시대였지요.

지금은 함부로 남의 나라를 침략하다가는 세계 여러 나라의 여론에 의해 비난을 받게 되었습니다. 이제는 도둑질이 정당화되는 시대가 아닙니다. 이와 마찬가지로 한 나라의 최고 권력자인 대통령 직도 힘으로 쟁취할 수없게 되었습니다.

우리 나라의 정치사를 보면, 박정희와 전두환 노태우로 이어지는 시대는 명백히 군사독재의 시대로 규정받고 있습니다. 말이 대통령이지, 이들은 합법적인 헌정 질서를 위배해 자신의 욕심대로 이 나라를 좌지우지했습니다. 이들이야말로 우리 나라의 도둑 중의 도둑이었습니다. 물론 박정희 대통령의 경우 이 나라의 경제 발전에 이바지한 공 때문에 많은 사람들이 예외에 두기는 하지만, 앞으로는 국민에 의해, 국민을 위한, 국민의 정치만이 이 나라를 지도하는 원리가 되어야할 것입니다.

그런데 성철 스님은 나라를 훔치는 도둑보다도 더 큰 도둑을 경계하라고 말씀하십니다. 물건을 훔치는 도둑이나 나라를 훔치는 도둑은 흔적이 남기에 이 때문에 죄가 밝혀지게 됩니다. 하지만 여러 종교 단체에서 자신이야말로 이 세상의 이치를 다 깨달았다고 떠벌이는 사람은 아무런 혐의점을 남기지 않는 지능적인 도둑인 것입니다.

세상의 이치에 통달했다고 하는 각 종교 단체의 지도자는 실제로 부와 명예와 온갖 권력을 다 소유하고 있습니다. 그들은 대체 사회의 정의와 발전에 어떤 기여를 하는 지 모르겠습니다. 세상의 이치를 다 꿰뚫었으니, 자신을 인정해 달라 자신을 세상의 중심으로 떠 받들어라 하는 건 아닌지 모르겠습니다.

중요한 사실은 그런 성인인 체하는 사람은 많은데, 왜 이 세상은 극락에 가까워지지 않는지 모르겠다는 사실입니다. 성인으로 자처하는 사람은 그 의문에 몸소 실천으로써 답을 주어야할 것입니다.

또한 극락이 이 세상에 가까워지는 데 아무런 이바지를 하지 않는 한 모든 성인인 체하는 자들은 '큰 도둑'이라고 해야 할 것입니다.

그래서 우리는 성철 스님, 법정 스님, 마더 테레사, 김수환 추기경 같은 이들을 오래오래 기억하고 싶어하는 것일지도 모릅니다.

정신이 위주가 되어
물질을 지배해야합니다

범부들은 눈앞 현실에만 급급하고, 수행인은 마음만을 붙잡으려고 한다. 그러나 마음과 외부 현실 양쪽 다 뛰어넘는 이것이 참된 수행의 길이다. 현실에만 맹종하는 것은 목마른 사슴이 아지랑이를 물인 줄 알고 찾아가는 것과 같고, 마음만을 고집하는 것은 원숭이가 물에 비친 달을 붙잡으려는 것과 같다. 바깥 현실과 안의 마음이 비록 다르다 할지라도 거기에만 집착하면 양쪽이 모두 병이다.

〈선가귀감〉

마더 테레사 수녀는 풍요로운 미국을 방문한 자리에서 다음과 같은 말을 했습니다.

"이 나라는 평생 본 나라들 중 영혼이 가장 가난한 나라이다."

사실, 마더 테레사 수녀의 고향은 경제적으로 아주 가난한 나라로 알려진 인도입니다. 그 인도에서 가난하고 병든 사람을 위해 헌신적인 삶을 살다 간 테레사 수녀의 말씀은 우리의 심금을 울립니다.

한때 세계문명의 발상지이며, 세계적인 종교 불교가 탄생한 인도. 그러나 산업혁명 이후 발달된 물질문명의 위력을 내세운 서구 열강 앞에 두 손을 들고 말았고, 그후 영국으로부터 독립하기까지에는 또한 명의 위인, 마하트마 간디를 필요로 해야 했던 나라, 인도. 정작 그 나라의 빈곤을 누구보다 잘 알고 있는 테레사 수녀는 세계 최고의 부국인 미국 앞에 조금도 움츠러들지 않았습니다.

한때 찬란한 정신문명을 꽃피웠던 아시아. 그러나 산업혁명 이후 서구의 발달된 물질문명의 힘에 눌려 식민지로 전락하고 말았습니다. 동양에서 지나치게 정신문명에 치우치고 있는 동안 서양은 발 빠르게 과학 기술문명을 발달시켰던 것입니다. 그리하여 서양을 오늘 날 전 세계의 산업 자본주의 사회를 선도하고 있습니다.

그러나 서구에서 개발되고 전 세계에 일반화된 물질문명은 보편적인 것은 아닙니다. 아직도 물질문명의 혜택을 받지 않은 채로 살아가는 민족과 나라는 얼마든지 있습니다. 그들은 물질문명의 이기가 없이도 충분히 자급자족해서 살아 갈 수 있다는 것을 보여줍니다.

『오래된 미래: 라다크로부터 배운다』라는 책을 보면 물질적 혜택 없이 아주 행복하게 살아가는 사람들을 만나게 됩니다.

히말라야 고원 서부에 자리 잡은 이 작은 마을은 아주 '원시적으로' 살아가고 있습니다. 하지만 그들은 땅위에 씨를 뿌릴 때도, 쟁기질을 할 때도, 짐승들을 잡아먹을 때도 쉼 없이 노래를 합니다.

모두가 모여서 잔치를 할 때는 너나없이 정해지지 않은 춤을 춥니다. 그들은 매일 같이 웃고 춤을 춥니다.

그들에게는 그 흔한 TV, 라디오, 컴퓨터는 없지만 그들 나름대로 천혜의 자연 속에서 행복하게 살아가고 있습니다. 그들은 아주 오래 전부터 이어져 내려온 생활 관습을 그대로 유지하면서 살아가고 있는 것입니다.

그들의 행복한 삶을 보면서, 반드시 물질문명이 우리 인류의 보편적인 생활양식은 아닐 거라는 생각을 하게 됩니다. 과거에는 없었던 전 지구적인 환경재앙, 현대인의 각종 질병 그리고 무엇보다도 심각한 인간에 대한 존엄의 상실 등의 문제를 결코 간과해서는 안 될 것입니다.

배부른 돼지가 될 것이냐? 배고픈 소크라테스가 될 것이냐? 이 시대는 지금 이런 선택의 기로에 놓여있습니다.

이처럼 중요한 문제는 사회 구조와 제도 자체가 변하지 않고서는 해결되기 어렵습니다. 하지만 우리 자신만이라도 이제부터 물질에 먹히지 않는 정신적인 삶을 살아가도록 해야 합니다.

아주 작은 것에서부터 실천해 나가도록 합시다. 우리 모두 성자가 되는 청소부의 길을 찾아봅시다. 물질적 이득에 가려진 삶의 소중한 가치에 우리 인생을 걸 때, 우리 내부에서 부처님이 깨어날 것입니다.

또한 성철 스님은 물질문명과 더불어 지식만능도 비판하고 있습니다. 물질문명과 더불어 지식만능 또한 우리가 경계해야 할 것입니다.

"지식만능은 물질 만능 못지않게 큰 병폐입니다. 인간 본질을 떠난 지식과 학문은 깨끗하고 순진한 인간 본래의 마음을 더럽혀서 인간을 타락하게 만듭니다. 인간의 본래 마음은 허공보다 깨끗하여 부처님과 조금도 다름이 없으나 진면목을 발휘하려면 삿된 지식과 학문을 크게 버려야 합니다.

아무리 좋은 보물도 깨끗한 거울 위에서는 장애가 되고, 거울 위에 먼지가 쌓일수록 거울이 더 어두워짐과 같이 지식과 학문이 쌓일수록 마음의 눈은 더욱 더 어두워집니다. 우리 모두 마음이 눈을 가리는 삿된 지식과 학문을 아낌없이 버리고, 허공보다 깨끗한 본래의 마음으로 돌아가서 마음의 눈을 활짝 열고 광명을 뚜렷이 바로 봅시다."

기업은 사회적 사명을 자각해야합니다

고위층과 결탁하여 서민들을 업신여기는 일을 하지 말라. 스스로 마음을 단정히 하여 부지런히 정진하고 마음에 좋지 않은 뜻을 품어서 사람들을 현혹하지 말라. 모든 것에 있어서 항상 만족한 줄 알아 지나친 부(富)를 축적하지 말지니, 이것이 곧 계율을 지키는 방법이다. 계율은 해탈의 길로 나아가게 하는 근본이 되는 것이다.

〈불교유경〉

한국과학기술원(KAIST) 테크노경영대학원에 재학중인 경영학석사 (MBA)과정 학생들은 한국 CEO의 가장 부족한 점으로 윤리의식을 꼽았습니다. 대개 CEO들은 자신의 친인척과 더불어 기업을 비대하게 부풀려 '재벌'을 만들고 또한 그 기업을 자신의 직계 자손에게 물려줍니다. 이에 따라 부가 소수 집단에게만 집중하는 결과를 낳게 할 뿐만 아니라, 평범한 사람들이 CEO가 될 수 있는 기회를 원천적으로 박탈하게 됩니다.

그러나 이처럼 자식에게 재산과 경영권을 물려주는 게 일반적인 우리나라 기업 문화에서 '아름다운 퇴장'을 선택하고 새로운 이정표를

세운 경영자가 전혀 없는 것은 아닙니다. 가장 먼저 경영권 세습 포기라는 촛불을 켠 인물은 유한양행 창업주 유일한 씨입니다.

유일한 씨는 자신이 숨지기 전에 부사장이던 아들을 물러나게 하고 다른 인물에게 경영권을 물려줬습니다. 그는 이에 앞서 개인회사를 주식회사로 바꾸면서 주식 일부를 임직원에게 나눠줘 국내 처음으로 종업원 지주제를 도입하기도 했습니다. 유씨는 숨질 당시 자신이 보유했던 유한양행 주식 14만 941주(당시 기준시가 2억2500만원)를 모두 '한국사회 및 교육신탁기금(현재 유한재단)'에 넘겼습니다.

이뿐만 아니라 유씨 딸도 91년 숨지면서 보유하고 있던 대부분 부동산(당시 205억원)을 모두 유한재단에 기부했습니다.

"기업은 개인 사유물이 아니라 사회적 공기다. 재산은 상속할 수 있지만 경영권은 상속해선 안 된다."는 유씨 경영철학은 지금도 경영학을 공부하는 학생들 사이에는 명언처럼 통하고 있습니다.

또한 석유화학원료 운반을 전문으로 하는 특수선업체 KSS해운 박종규 회장도 마찬가지입니다. 그는 95년 장성한 세 아들을 제치고 전문경영인에게 경영을 맡긴 뒤 '바른경제동우회'를 창립해 올바른 기업문화 확산을 위한 활동을 펼치고 있습니다. 박씨는 평소 자신이 가장 존경하는 인물로 유일한 씨를 꼽았습니다.

외국의 경우에는 더 놀랄만한 일화가 전해져옵니다. 조지 부시 미국 대통령이 취임하자마자 상속세 증여세 폐지를 추진했을 때입니다. 놀랍게도 대찬성을 하고 나올 것 같았던 갑부 100여 명이 이에 반대하고 나섰습니다. 상속세와 증여세를 폐지하면 부가 공식적으로 세습되고 이로 말미암아 부자에 대한 사회적인 인식이 낮아질 것이라는 염려 때문이었습니다.

세계적인 투자자 워런 버핏 같은 이는 갑부들이 좀더 강력하고 구체적으로 반대하지 못했다는 이유로 이 운동을 주도하는 세력들에게 "좀 더 강력하게 부시가 내놓은 안에 반대하라."며 불만을 토로하기도 했습니다.

범죄와 마약에다 빈부 격차가 심각한 데도 미국 사회가 버티고 있는 것은 바로 이런 '노블리스 오블리제(신분에 따르는 도덕적 의무)'가 있기 때문입니다. 또한 미국 사회에서 부자가 존경받는 이유가 바로 여기에 있습니다. 미국 기업가는 부자란 스스로 사회적 재산을 관리하는 사람이라는 사실을 잘 알고 있고 또 그것을 몸소 실천하고 있습니다.

최근 마이크로 소프트의 창업자이며 최고경영자인 빌 게이츠는 인도를 방문하여 에이즈 예방사업에 1,200억원을 기증하면서 재산을 자식들에게 물려주지 않겠다고 다시 밝혔습니다. 그는 "세 자녀가 안락한 생활을 할 정도의 재산은 남겨줄 것이지만 자식들에게 큰 재산을 물려주는 것은 사회적으로나 자식들에게나 도움이 되지 않을 것"이라고 했습니다.

재산이 63조원이 넘지만 그가 세계적으로 존경받는 것은 부자이기 때문만은 아닙니다. 그는 20세기 말 세계경제의 틀을 바꾸어놓은 정보통신의 혁신을 가져온 혁명적 기업가이며, 또한 재산의 절반에 해당하는 31조원을 아동복지 등을 위해 세계 각국에 기부한 세계 최대의 자선기부가입니다.

조만간 한국에도 빌 게이츠처럼 전 국민들로부터 존경받는 CEO가 생겨나기를 기대해 봅니다.

5 만남은 시간으로 깊어집니다

티끌은 티끌이 아니라
순결함으로 사귀는 벗
흐르는 중에 머무는 순간과 같은 만남
마지막이 있기에 더 아름다워라

티끌은 티끌이 아니라

티끌이라 해서 티끌이 아니라. 즉 티끌이 모여서 세계를 만들고 세계를 부수어 버리면 티끌이 되는 것이니 티끌이 티끌이 아니며 세계 역시 세계라 할 수 없다. 그 이름이 티끌이요, 그 이름이 세계일뿐이다.

『금강반야바라밀경(金剛般若波羅蜜經)』

봄은 이 산 저 산으로 나들이를 떠나도록 시간을 깨웁니다. 그리고는 아름다운 빛깔의 옷을 시간에게 한아름 선사합니다.

사람들이 봄을 좋아하는 까닭에는 여러 가지가 있겠으나 그중 새로운 탄생에 대한 설레임이 가장 크지 않을까 합니다. 봄의 기운이 느껴질 즈음 산길을 오르면 갈색의 나뭇가지에서 연하디 연한 연둣빛 잎이 피어납니다. 또다시 앙상한 나뭇가지와 황량한 대지에 녹음이 돌아 우리의 기다림을 해소시켜 줍니다. 고운 오색 꽃들의 고운 빛을 맞이하러 산에 오르다 보면 개나리, 진달래, 철쭉 등으로 화창합니다.

모든 꽃빛은 신비를 담고 있지만 그중에서도 단연 이목을 집중시키는 것은 산 귀퉁이에 조그만 무리를 이루며 피는 작은 제비꽃입니다. 하늘빛과 새벽빛을 고르게 섞어 놓은 듯 느껴지는 이 색은 마냥 자연의 조화로만 여기기에는 너무 신묘합니다. 더구나 올망졸망한 제비꽃들은 여기저기에 보란 듯이 돋아나 있습니다.

제비꽃의 영롱한 빛깔은 자연의 순리 속에서 발생합니다. 제비꽃의 맑고 선명한 기운은 개미라는 부지런한 생물에 의해 한층 널리 퍼져 나갑니다. 멀리서 바라보면 실상 아무런 관계가 없을 것 같은 제비꽃과 개미, 제비꽃 씨앗을 좋아하는 개미와의 만남이 없었다면 봄 잔치의 맥이 다소 떨어졌을지 모릅니다. 제비꽃이 개미가 좋아하는 물질을 씨앗에 붙여 놓으면, 개미는 제비꽃을 찾아와 씨앗을 통째로 물고 자신들의 집으로 갑니다. 개미는 자신들에게 맛있게 느껴지는 영양물만을 먹은 다음 제비꽃 씨앗은 집 밖 쓰레기장으로 버립니다. 거기에는 제비꽃 씨앗 외에도 개미들에게 필요 없는 여러 오물이 버려집니다. 제비꽃 씨앗은 그곳에서 싹을 틔우게 되는데 개미들이 버린 오물들이 제비꽃에게는 풍부한 양분으로 작용합니다.

인생을 살다 보면 제비꽃과 개미처럼 아무런 관계가 없어 보이는 것이나 혹은 극히 사소해서 작은 만남으로 치부해 버리는 일이 많습니다. 그런데 그 속에서 큰 깨달음을 얻는 사람이 있습니다.

너무도 유명한 원효 대사의 일화에서 알 수 있듯 원효 대사의 가장 큰 스승은 보잘 것 없이 보였던 해골바가지였습니다. 만약 원효 대사가 해골바가지와의 연을 단순히 운 나쁜 경우로만 여겼다면 어찌 되었을까요. 아마 지금 우리가 알고 있는 한국 불교의 큰 별로 우뚝 서 있는 원효 대사는 존재하지 않았을 것입니다. 그렇지만 원효 대사는 소소함 속에 들어 있는 진리를 볼 줄 아는 사람이었습니다. 그는 해골바가지와의 마주침에서 자신이 가지고 있던 마음의 어리석음을 찾아내며 삶을 더욱 정진시킵니다.

사람들은 무엇인가 획기적인 변화를 기대하고 그런 변화를 가져다 줄 만남을 기다립니다. 하지만 삶이 송두리째 변화되는 일은 흔치 않습니다. 그렇기 때문에 일상 곳곳에 널려 있는 진귀함을 모르는 사람들은 기다리고 기다려도 큰 연을 만나지 못한 채 허송세월을 보냈다고 한탄합니다. 하지만 그들은 이미 수천수만 번의 큰 인연과 만났음에도 다만 그것을 알아보지 못했기 때문에 괴로워하는 것입니다.

일체 모든 중생에게는 성불(成佛)이 있다는 성철(性澈) 스님의 말씀이 있습니다. 이 말씀에서의 중생은 사람만을 의미하는 것은 아닙니다. 중생은 성불한 부처님, 미혹한 중생뿐만 아니라 냇물·바람·뒤뜰 담벼락 밑에서 졸고 있는 강아지 등 이 지상의 모든 존재를 말합니다. 그리고 성불은 깨달음을 얻은 부처에게나 미혹한 중생에게나 많고 적음 없이 동일합니다.

성철 스님의 말씀에서 알 수 있듯이 우리 주변에 있는 모든 것은 존 귀합니다. 그 존귀함과 조금이라도 연을 맺고 나쁜 마음으로 대하지 않는다면 그것은 다 큰 덕이 되어 돌아옵니다. 모든 중생에게는 성불이 있고 모든 존재는 연결되어 있습니다. 성불을 간직한 모든 것은 부처가 될 씨앗을 가지고 있기 때문에, 서로가 서로의 스승이 되어 너와 나의 삶을 밝혀주는 등불이 됩니다.

흐드러지게 피어 있는 꽃과의 즐거운 만남도, 코끝을 간질이며 지나가는 바람과의 스침도 모두 소중합니다. 방금 만난 바람이 고향 노모의 더운 땀을 식혀 주는 은인이 될 수도 있습니다.

모든 연은 소중합니다. 눈 깜빡이면 어느새 흘러가 버리는, 그 뜨고 난 모든 자리가 소중합니다.

순결함으로 사귀는 벗

친구를 사귀되 내가 이롭기를 바라지 마라. 내가 이롭고자 하면 의리를 상하게 되나니. 그래서 성인이 말씀하시되 순결함으로써 사귐을 길게 하라 하셨나니라.

『보왕삼매경(寶王三昧經)』

해질 무렵이면 동네 굴뚝에서 뽀얀 연기가 피어오릅니다. 구수한 밥 내음이 자욱하게 느껴질 때쯤이면 벗의 이름을 애타게 부르는 어머니의 소리가 여기저기에서 들립니다. 구슬치기에 빠져 있던 아이들은 그제야 주섬주섬 일어납니다. 그토록 치열하던 승부의 세계가 일순간 무너지고, 아이들은 천진난만한 눈빛으로 되돌아와 인사를 하고는 각자 자신의 집을 향해 달려갑니다.

그렇게 모두가 하나둘 사라지고 마지막까지 팽팽하던 승부의 접전 끝에 얻어낸 왕 구슬 하나만 덩그러니 남아 있습니다. 몹시 열망했던 왕 구슬을 손에 넣었지만, 어둑어둑해진 운동장을 홀로 나서는 발걸음에는 흥이 없습니다. 구슬을 대신할 실한 돌멩이 하나에도 기뻐하며 웃고 떠들던 벗들이 사라졌기에 서글픈 것 같습니다.

유년의 시절을 아름답고 애잔하게 그려낸 것으로 유명한 작가 박완서는 아이 때의 추억을 사금파리 같다고 했습니다. 사금파리란 사기그릇의 깨어진 조각입니다. 그릇의 자잘한 조각에 불과한 사금파리에 해가 비추면 눈부신 빛이 반사되어, 그 모양새가 흡사 일렁이는 물결 같습니다. 어린 시절은 세계의 모든 것이 신비하게 반짝입니다. 그리고 그것에 반응하는 감정 또한 섬세하고 예민하여, 작은 것 하나에도 남다르게 반응하는 순수한 열정이 있습니다.

유년을 함께 보낸 혹은 순수함으로 맺어진 벗이라는 존재는 매우 각별하여, 감정의 벌거숭이가 되어도 전혀 부끄럽지 않습니다. 벗이란 서로의 기벽이나 말 못할 환경을 장애로 생각하지 않으며 자연 그대로의 모습을 아무런 편견 없이 받아들입니다.

어린 시절 소중한 벗을 만났음에도 얕은 마음이나 작은 미움 때문에 보내 버린다면 어른이 되어 평생을 후회할 것입니다. 그래도 한 번 멀어진 친구의 마음은 처음과 같이 돌아오지 않고 어른이 되어서는 순수함으로 맺는 벗을 사귀기가 어렵습니다.

법정(法頂) 스님은 벗에 대해 이르기를 '말이 없어도 모든 생각과 소원과 기대가 소리 없는 기쁨으로 교류되는 사이'라 하셨습니다.

법정 스님과 이해인 수녀님의 우정을 생각해 봅니다. 비록 이들이 유년을 함께 보낸 옛 벗은 아니지만 이 우정에는 아이의 모습이 묻어 납니다. 그리하여 이들에게는 종교도 성별도 나이도 아무런 문제가 되지 않습니다. 편견을 버린 이들은 서로의 순수한 열정에 공감합니다.

『열자(列子)』의 「탕문편(湯問篇)」을 보면 백아절현(伯牙絶鉉)이라는 이야기가 나옵니다. 원래 초(楚)나라 사람이지만 진(晉)나라에서 고관을 지내던 거문고의 달인 백아(伯牙)에게는 자신의 음악을 깊이 이해하는 종자기(種子期)라는 절친한 벗이 있었습니다.

백아가 거문고로 높은 산을 표현하면 종자기는

"마치 태산처럼 웅장하여 하늘 높이 우뚝 솟은 음색이로구나."

라고 칭하였습니다. 또 백아가 거문고로 큰 강을 나타내면

"도도하고 거침없이 흐르는 강물의 흐름이 마치 황하 같구나."

하고 응수하였습니다.

이렇듯 종자기는 백아가 거문고로 무엇을 표현하고 있는지를 정확히 이해하며 감상할 수 있는 능력이 있었습니다. 백아와 종자기는 거문고가 들려주는 음악으로 서로의 마음을 진실하게 나누는 벗이었습니다. 하지만 백아는 종자기가 병으로 갑자기 세상을 등지자, 너무나도 슬픈 나머지 그토록 애지중지하던 거문고 줄을 스스로 끊어 버리

고 죽을 때까지 다시는 거문고를 켜지 않았습니다.

백아와 종자기는 거문고라는 매개물로써 서로의 깊은 속마음을 이해하는 순수한 사이였습니다. 자신의 진실한 속마음을 이해하는 사람이 사라지자 거문고를 켜는 일이 무의미해질 정도로 마음의 상실감을 경험한 것입니다. 이렇게 진정한 벗이란 순수한 열정으로 맺어진 사이입니다. 만약 진심을 나눌 수만 있다면 꼭 유년시절에 만나지 아니했다 해도 그때의 순수를 되살려 주기에, 어린 시절에 만난 벗과 같이 느껴집니다.

세월이 지나 귀밑머리가 눈처럼 희어지고 얼굴에는 세월의 고랑 같은 주름살이 패어도 내 벗은 마냥 푸르며 싱싱합니다. 세상살이의 고됨에 한탄하다가도, 벗과 함께하는 날이면 어느새 곰살맞은 웃음이 튀어나옵니다.

흐르는 중에 머무는 순간과 같은 만남

인연이 잠깐 모였을 뿐 아무것도 주인이 없는데
낱낱이 분석해 본들 그 무엇이 '나'인가. 그런데
중생들이 제멋대로 옳고 그름을 헤아려 굳이 다투는 것은
저 어리석음과 다름이 없다.

『백유경(百喻經)』

고향 마을 시냇가에는 꼭 하나 있는 게 있습니다. 어디서 골라다 놓았는지 저마다의 모양새를 가지고 일렬로 줄지어 있는 징검다리가 바로 그것입니다. 복숭아뼈 부근에서 찰랑거리는 냇물의 깊이가 두렵지는 않지만 그렇다고 그냥 무작정 건널 수도 없는 깊이라 매번 발목을 걷어붙이거나 옷을 적셔야 합니다. 이런 연유로 놓인 징검다리는 저 멀리 길가를 찾아 돌아가는 수고를 덜어주고, 신과 양말을 벗고 건너야 하는 번거로움을 감소시켜 줍니다.

하지만 장마가 오면 징검다리의 징검돌은 물살에 휩쓸려 유실되기도 하고 불어난 물이 징검다리의 수위를 훌쩍 뛰어넘기도 합니다. 이

럴 때는 저 멀리 길가를 찾아 돌아가거나 물속을 헤치며 건너는 수밖에 없습니다. 간혹 조그만 아이들은 어른의 목말을 타며 건너기도 하는데, 잔뜩 찌푸린 날씨에 뭐가 그리 신나는지 아이의 얼굴만은 맑음입니다.

언제 그랬냐는 듯 궂은 날씨가 물러가고 아이의 해맑은 얼굴처럼 화창한 날이 되면 졸졸 흘러가는 냇물 사이로 징검다리가 그 모습을 드러냅니다. 물살에 휩쓸려 빈 자리에 새롭게 자리한 징검돌과 굳세게 살아남은 옛 징검돌이 어우러진 징검다리입니다.

사람들은 곧잘 세상살이에서 사람을 믿지 못하겠다는 말을 합니다. 그것은 자신과 타인을 깊이 성찰하지 못했기 때문에 생기는 오류입니다. 그리고 그가 궁극적으로 바라보아야 하는 곳이 아닌, 다른 곳을 보고 있기 때문에 생겨나는 일입니다.

지류에 휩쓸려 가는 징검돌이 있는 반면 자리를 단단하게 지키고 선 징검돌이 있습니다. 그리고 그들이 모여 하나의 징검다리를 만듭니다. 저 냇가 한복판에 아무리 굳게 자리한 징검돌이 있다 한들 다른 징검돌이 없다면 무용지물일 뿐입니다. 그리고 징검돌과 징검돌을 가치 있게 만들어 주는 것은 그들의 사이를 흐르고 있는 물길입니다.

법정 스님은 사람을 가리켜 끊임없이 흘러가고 변화하는 존재라고 말씀하셨습니다. 사람은 늘 같을 수 없으며, 그렇기 때문에 함부로 누군가를 비난하고 판단하면 안 된다고 하셨습니다. 그는 우리가 누군가에 대해 비난하고 판단하는 것은 어떤 낡은 자로써 현재의 그 사람을 재는 일이라고 하셨습니다. 사람의 내부에서 어떤 변화가 일고 있는지는 아랑곳하지 않은 채 말입니다. 나 역시 실수와 잘못을 한 적이 있으면서 다른 사람이 그와 같은 실수와 잘못을 했을 때는 이해해 주지 않고 미움과 비난의 감정이 먼저 솟기도 합니다.

그러므로 법정 스님은 우리가 어떤 사람에 대한 판단을 내릴 때 신중해야 한다고 하셨습니다. 왜냐하면 그는 벌써 딴 사람이 되어 있을지도 모르기 때문입니다.

사람이란 항시 흘러가는 존재입니다. 흘러가는 인간은 좋은 쪽으로 변화되기도 하고 때로 나쁜 쪽으로 기울어지기도 합니다. 나쁜 쪽으로 기운 순간을 보았다 하더라도 사람을 함부로 탓하고 단정해서는 안 됩니다. 그는 다시 흐르고 흐를 존재이기 때문입니다.

사람을 바로 보려면 사람과 사람의 그 사이를 보아야 합니다. 이렇게 보다 보면 당장 눈앞에 보이는 객체가 상대의 실체가 아니었음을 알 수 있습니다. 사람이란 사이와 사이가 흘러가는 곳에 머무는 순간의 존재입니다.

징검돌과 징검돌 사이에는 물살이 흘러갑니다. 이 흐름이 징검돌과 징검돌을 정녕 징검다리로 만들어 줍니다.

마지막이 있기에 더 아름다워라

세상 사람은 늙음과 죽음에 삼켜져 버립니다. 하지만 현명한 사람들은 세상의 이치를
알아 슬퍼하지 않습니다. 그대는 오거나 가는 사람의 그 길을 알지 못합니다. 그대는
그 양극을 보지 않고 부질없이 슬피 웁니다.

『숫타니파타』

　겨울이 되면 하얀 눈이 내립니다. 온 세상천지가 하얗게 변한 모습
을 오래도록 두고 보고 싶지만, 사람들의 발길도 채 닿지 않은 갓 내
린 하얀 눈은 금세 쓸리고 맙니다. 특히 도시 생활에 큰 지장을 일으
킨다는 이유 때문입니다.

　하얀 눈길은 금방 지저분해집니다. 눈길을 어지럽히는 것은 어른의
구둣발부터 아장거리는 아이의 신발까지 예외가 없습니다. 하얀 첫
만남의 순수를 떠올리기도 전에 구정물로 변해 버리는 눈이 아쉽습니
다. 갓 내린 눈을 쓸어내는 것이 단순한 인간의 편의를 위해서가 아
니라 그에게 짧지만 아름다운 지상에서의 마지막을 만들어 주고 싶은

마음에서 비롯된다면 좋겠습니다.

첫 만남을 아름답게 만드는 일은 비교적 쉬우나 마지막을 아름답게 하기란 몹시 어려운 일입니다. 처음이라는 것에는 아무것도 씌어 있지 않기에 예쁜 것만 골라 담을 수 있지만 마지막에는 이미 수없이 많은 것들이 담겨 있습니다. 처음의 예쁜 것들이 각자의 편견으로 이루어진 착각이 되지 않도록, 마지막으로 수없이 담긴 것들이 오해나 미움으로 가득 채워지지 않도록 조심스럽게 쓸어 보기 바랍니다. 그 수많은 것들에게 제자리를 옳게 찾아 주기 위해서라도 우리는 늘 마지막을 생각하여야 합니다.

흘러가는 우리네 인생에서 마지막이라는 단어처럼 낯설고 두려운 것이 있을까 합니다. 하지만 마지막 바로 뒤에 오는 시작을 생각하면 두려울 일이 없습니다. 그리고 마지막이 있기에 인생을 흥청망청 함부로 살지 않으려 노력하는 마음도 생기는 것입니다. 그렇기 때문에 다가오는 희망의 내일을 위하여 마지막을 더욱 아름답게 장식해야 합니다.

영미 문학가인 오 헨리(O Henry)의 수많은 작품 중에서 특히 사랑을 받는 「마지막 잎새」라는 단편소설이 있습니다. 이 이야기가 특히 사랑받는 이유는 아름답고 숭고한 마지막의 모습을 잘 표현해냈기 때문입니다.

이야기에 등장하는 존시는 폐렴을 앓고 있는 가난한 화가입니다. 그녀는 창밖의 잎새를 세며, 그 잎새가 모두 지면 자신 역시 죽을 것이라고 생각합니다. 존시가 사는 아파트의 아래층에는 베어만이라는 노화가가 삽니다. 40여 년을 무명 화가로 살아온 베어만의 소망은 걸작을 그려 내는 일입니다.

어느 날 비바람이 세차게 몰아칩니다. 존시는 바람에 잎새가 모두 떨어졌음을 예감하며 자신에게 죽음의 순간이 닥쳤다고 믿습니다. 하지만 이튿날 창문을 연 존시는 담벼락에 잎새 하나가 매달려 있는 것을 봅니다. 다음 날이 되어도 잎새는 여전히 그 자리에 있습니다. 이 잎새를 본 존시의 병세는 급격히 좋아집니다.

그녀의 병이 완쾌될 무렵, 존시는 베어만 노인이 폐렴을 앓다가 죽었다는 이야기를 듣게 됩니다. 그리고 자신이 보았던 그 마지막 잎새는 비바람이 부는 날 베어만 노인이 위험을 무릅쓰고 그려낸 작품임을 알게 됩니다.

평소 법정 스님은 떠남의 자세에 대해 말씀하셨습니다. 떠남은 새로운 만남으로 이어집니다. 그렇기에 법정 스님은 떠날 때는 그저 떠나는 것이 아니라 버리고 떠나야 함을 강조하셨습니다. 법정 스님은 크게 버림으로써 크게 얻을 수 있다고 하셨습니다. 곧, 적게 버리면 적게 얻고 어중간하게 버리면 어중간하게 얻는다 하셨습니다.

오 헨리의 마지막 잎새가 지는 감동의 연고를 법정 스님의 말씀에서 찾을 수 있습니다. 베어만 노인이 그린 마지막 잎새는 그의 평생소망이었던 걸작이 되었으며 삶을 포기한 존시에게는 희망의 빛이 되어 주었습니다. 베어만 노인은 전력을 기울여 자신이 평생 품고 온 꿈에 대한 열망과 인간에 대한 애정 등을 모두 잎새에 그려 냈습니다. 베어만 노인은 죽음을 예감하면서도 자신 안이 비워짐과 동시에 따뜻한 온기로 채워짐을 분명 느꼈을 것입니다.

아름다운 마지막은 찬란한 만남 혹은 새로움을 만들어 냅니다. 마지막이 있다는 사실을 알기에 우리는 각자의 삶을 더욱 아름답게 만들 수 있습니다. 모두가 기쁠 수 있는 만남이 이루어지고, 그 만남은 마지막까지 아름다움으로 이어졌으면 좋겠습니다.

6 하나로 연결된 우리입니다

내 안에서 빛나는 '한 물건'

모든 허물을 능히 그치면

얻고자 하면 비우라

내 안의 부처를 만나는 일 3천 배

내 안에서 빛나는 '한 물건'

음욕보다 더한 불길이 없고 성냄보다 더한 독이 없으며 내 몸보다 더한 고통 없으며
고요보다 더한 즐거움은 없다. 굶주림은 가장 큰 병이요 행(行)은 가장 큰 괴로움이다.
만일 이것을 분명히 알면 가장 편안한 열반이 있다. 병이 없는 것이 가장 큰 은혜요
만족을 아는 것이 가장 큰 재물이다. 친구의 제일은 후덕한 것이며 즐거움의 제일은
열반(涅槃)이다.

「안락품(安樂品)」

도시는 밤이 오기도 전에 갖가지 화려한 네온사인을 휘두릅니다.
밤낮의 구별을 삼켜 버린 도심의 불빛에 이끌린 사람들은 저마다 색
색의 빛을 잘 차려입어 화려합니다. 하지만 그들은 더욱 유색(有色)한
구별에 목말라하며 더 커다란 불빛을 찾아 떠돕니다. 한시도 가만히
있지 못하고 이리저리 요동치는 파도처럼 도시의 무리들은 끝없이 불
안합니다. 이윽고 어둠을 가져주는 태양이 떠오르지만 빛 가루를 잔
뜩 뒤집어 쓴 도시의 밤은 늘 불면이라, 낮이 되어도 생의 활기는 좀
처럼 깨어나지 못합니다.

산촌수곽(山村水廓)에 밤이 찾아늘면 한밤중이 되기도 전에 집들의

불빛은 꺼지고 띄엄띄엄 조명등만이 켜져 있을 뿐입니다.

산중에 깃드는 밤은 모든 것을 캄캄한 어둠 속으로 묻어 버립니다. 어둠에는 온갖 것을 가려주는 미덕이 있습니다. 어둠이 찾아오면 잘남과 못남의 차이가 사라지고 나와 너의 구별마저 무의미해집니다. 그러면 여럿인 줄 알았던 세상은 하나가 되고 떠도는 마음은 멈춰집니다.

구별이 사라진 곳에서 나아갈 수 있는 길은 유일하게 밝혀 있는 내 안의 세계뿐입니다. 내 안에 밝혀진 길을 따라 정진하다 보면 어둠 속에서도 볼 수 있는 눈이 생겨나고, 어둠보다 더 큰 어둠으로 세상을 바라볼 수도 있습니다. 어둔 산중의 달빛은 처음엔 익숙하지 않지만 곧 속세의 불빛은 필요 없이 달빛만으로도 충분하다는 사실을 알게 됩니다. 달빛이 비치는 세상은 낮과 다른 빛의 윤기를 드러냅니다. 그리하여 내면의 빛을 바로 보고 따르는 사람은 일체의 것에 집착하지 아니하고, 밖을 보아도 안을 보는 것과 같이 행동합니다.

밖으로 떠돌며 세상의 온갖 것을 뒤져도 없는 진리는 바로 내 안에 있습니다. 성철 스님은 이것을 가리켜 '한 물건'이라 하셨습니다. 스님이 말씀하시길 "한 물건이 있으니 천지가 생기기 전에도 항상 있었고, 천지가 만 번 생기고 억만 번 부서져도 이 물건은 털끝만치도 변동 없이 항상 있다." 하셨습니다. 이 한 물건을 바다에 비유해 보면 현 세계는 바다 가운데 있는 물거품이라 하셨습니다. 그리고 이 한 물건의 빛은 언제나 우주 만물을 비추고 있는 절대 빛이라 하셨습니다.

아무리 작은 중생이라도 한 물건만큼은 가지고 있으나, 한 가지 다른 것은 이 물건을 깨치었느냐 못 깨치었느냐라고 하셨습니다. 이 한 물건은 스스로 깨칠 수 있을 따름이요 전하여 들을 수도 없고 설명할 수도 없다 하셨습니다.

성철 스님은 참된 진리로 가는 길은 오직 이 한 물건만을 믿고 공부하는 것이라 하셨습니다. 그리고 이 한 물건을 얻기 위해서는 만천하의 부귀를 돌같이 생각하며 어떠한 일이 있더라도 성취해 내고야 말겠다는 결심이 있어야 한다고 하셨습니다.

다음 생애에 금수로 태어날지 지옥으로 떨어질지 모르는 바, 사람으로 태어난 이 생애에서 한 물건을 깨치지 못하고 죽는다면 통곡할 일이라고 하셨습니다. 그러니 부디 정갈한 몸과 마음으로 노력하여 깨치기를 바란다고 말씀하셨습니다.

한 물건은 어지러운 세상에서 궁극적으로 도달하여야 하는 절대 진리입니다. 그러니 한 물건에 도달하는 일은 결코 쉬울 수가 없습니다. 세상에는 어둠을 대낮처럼 밝혀 주는 휘황찬란한 빛이 넘쳐납니다. 사람들은 밤에 떠오른 수많은 거짓 태양에 휩쓸립니다. 허나 어둠을 밝힐 수 있는 빛은 자신 안에 있고, 그 안에 한 물건이 있습니다.

어둠을 밝히고 있는 가로등은 멀리서 바라보면 퍽 온화하고 다정한 빛이지만 가까이 다가가면 우글거리는 날벌레의 숨 막히는 경쟁이 펼쳐지고 있습니다. 저이들은 전생에 무슨 업을 쌓았기에 저리 태어나 헛된 빛을 따르고 있을까마는, 이마저도 찬 새벽이 다가오면 지쳐 나뒹구는 빈 껍질이 됩니다. 또한 헛된 망령을 따르는 업을 만들었으니 무엇으로 다음 생에 태어날지 모르는 일입니다.

인간으로 태어나 한마음을 좇을 기회를 얻었으니 정녕 천상의 기회라 아니 칭할 수 없습니다. 지나가면 오지 않는 것이 시간입니다. 부디 자신 안의 빛으로 서서 진리를 깨우치고 생의 길을 포기하지 말고 끝까지 가시길 바랍니다.

모든 허물을 능히 그치면

작은 일에나 큰일에나 모든 허물을 능히 그쳐서 마음이 고요하여 어지러움 없으면 이를 '사문(沙門)'이라 부를 수 있다. 죄와 복을 함께 버려 고요히 거룩하고 법다운 행을 닦아 지혜로 세상의 모든 악을 부수면 이를 '비구(比丘)'라 이름한다.

「주법품(住法品)」

얼굴은 하나의 기호입니다. 말을 하지 않아도 눈빛으로 말을 하며 갖은 표정에서 그의 감정을 읽을 수 있습니다.

아이의 얼굴이 고운 것은 그 순수함 때문입니다. 아이들은 아직 세상의 때에 물들지 않아 본연이 가지고 있는 선의 빛을 잃지 않고 있습니다. 그들은 무엇인가를 말할 때 거짓 꾸밈을 생각하지 않습니다. 설령 거짓을 말했다 해도 아이의 본의에는 악함이 없어서 부끄러워하는 기색이 얼굴에 나타납니다. 아이들은 사진을 찍을 때도 자신이 어떻게 보일까 궁하게 생각하지 않아, 실로 해맑은 표정들로 인해 아름다운 사진이 나옵니다.

하지만 젊은 시절 눈꽃처럼 고운 얼굴을 지니고 있던 미인이라 하여도 탐욕의 여생을 보냈다면 그 여인의 아름다움은 한 순간에 시드는 꽃과도 같을 것입니다. 순수함이 사라진 탐욕에 빠진 마음의 빛은 얼굴에 고스란히 반사됩니다. 또 내 안에 한 물건이 있듯 본래 아름다웠던 인간이라도 자신 안의 빛을 잃고 세상에 휘둘린다면 생기 없고 자신 없는 표정을 갖고 맙니다. 그렇기에 얼굴은 온갖 흥망이 숨어 있는 하나의 세계입니다.

정결한 삶을 살아간 이들의 얼굴에서 감동을 느끼는 것은 바로 그 고요함 때문입니다. 잔잔한 호수처럼 미세한 파동 하나 일어나지 않는 그들의 마음을 닮은 얼굴 때문입니다. 탐욕에 빠진 얼굴을 보는 것만으로 가슴이 막히는 것은 그들이 가지고 있는 마음의 소요가 그려지기 때문일 것입니다. 자신을 바라보기를 쉬지 마십시오. 내 안에서 욕심 · 미움 · 편견 등을 발견할 때마다 그 마음을 털어내야 합니다. 그렇게 노력하다 보면 마음이 깨끗하고 선해지는 만큼 얼굴도 변해간다는 사실을 깨닫게 됩니다.

성철 스님은 헛된 생각에 사로잡혀 있는 그리하여 탐욕과 아집의 얼굴을 가지고 있는 중생들에게 참선하라고 전하셨습니다. 스님은 이에 대해 말하길 "망상에 가려 자성(自省)을 모르지만, 확연히 깨치면 망상이 사라져 자신의 본성인 불성을 볼 수 있다."라고 하셨습니다.

스님은 이 상태를 가리켜 밝은 거울에 비치는 자신의 모습을 환히 보는 것이라 비유해 말씀하셨습니다.

사람들은 이 불안정하고 상대적인 유한의 세계에서 절대적이며 영원한 진리의 세계로 들어가길 희망합니다. 그리하여 많은 중생들은 그 절대적이고 영원한 세계를 찾아 이리저리 떠돌지만, 이 불안정한 유한의 세계에 매달리면 영원한 진리의 세계로 들어갈 수 없습니다. 오늘날 종교의 권위가 무너지고 있는 것은 이와 무관하지 않습니다. 현세의 안정을 갈구하는 사람들에게 종교가 그 길을 제시하여 주지 못함은 큰 잘못이라 하지 않을 수 없습니다.

부처님은 세인들에게 말씀하시길 "그 피안(彼岸)의 세계는 하늘도 땅도 아닌 자신에게 있다."고 하셨습니다. 부처님은 또 절대적 가치역시 다른 곳이 아닌 자신에게 있다 하셨습니다. 저 멀리 어딘가가 아닌 자신 가운데 피안의 세계가 있는 것입니다. 다만 그것을 보지 못한 채 번뇌 망상에 가려 내 안에 있는 진리를 찾지 못하는 것이라고 하셨습니다.

스스로에게 불성이 있음을 믿고 부지런히 닦아 나간다면 누구나 불성을 성취할 수 있습니다. 불경을 다 외는 사람보다는 마음에 있는 부처를 본 사람이 깨친 사람입니다. 마음을 밝히면 그 속에 초월적 절대진리가 들어 있습니다. 자성을 바로 깨쳐 산부처의 길을 걷는 것이 영원한 진리의 길인 것입니다.

　세상을 사는 수많은 얼굴들에서 고통의 찌듦을 보는 것은 괴로운 일입니다. 하지만 그 고통은 외부에서 오는 것이 아닙니다. 절대적 행복이 외부의 물질로 이루어져 있는 것이라고 착각한 헛된 욕심에서 오는 것입니다.

　세상사에서 한 치의 흔들림 없는 깨끗한 얼굴로 사는 것, 그것은 자신 안에 있는 부처를 바로 보는 일에서 비롯될 수 있습니다. 그리고 그러기 위해서는 내 안의 세계로 끝없이 정진해야 할 것입니다.

얻고자 하면 비우라

세상의 모든 것 헛된 것이라. 구태여 가지려 허덕이지도 않고 잃었다 하여 번민도 않
는 사람 그야말로 참으로 비구이니라.

「비구품(比丘品)」

우리 조상들이 기거하던 옛집의 창문에서는 은은한 달빛이 비춰 들
어옵니다. 그 노오란 달빛 사이로 나무의 그림자까지 스며들어 오니
그 어떤 화백의 그림보다 아름다운 정취가 있을 따름입니다. 이 옛집
의 창은 강렬함을 머금은 해의 빛까지 온화하게 만들어 줍니다. 자신
의 온몸으로 그 붉음을 적당히 녹여내어 가볍고 투명한 빛살로 방을
한가득 채웁니다.

바람을 머금을 줄 아는 옛 창문은 굳이 그것을 여닫지 않아도 자연
스럽게 환기를 시켜 줍니다. 이리하여 여름에는 적당한 서늘함을 만
들어 주고 겨울에는 아늑한 공기를 불어넣어 줍니다.

빛과 바람을 온몸으로 여과시켜 주는 우리 옛 선조들의 창은 무엇으로 만들어졌던 것인가 생각합니다. 그것은 다름 아닌 창호지였습니다. 그는 자신의 온몸을 열어, 들어오는 것을 잘 받아내고 향기롭게 비워낼 줄 아는 정신을 가지고 있습니다. 그렇기에 그가 들어선 집은 고결합니다.

법정 스님은 평소 우리에게 비움의 중요성에 대해 늘 강조하셨습니다. 우리가 얻고자 하는 참 진리를 얻기 위해서는 비워 내는 자세를 수행해야 한다고 하셨습니다. 사람의 삶이 괴로운 것은 소유를 집착하는 비이성적인 열정 때문이라고 하셨습니다. 그러니 인생에 있어서 다가오는 것은 억지로 피하지 말고 받아들이며, 떠나는 것은 억지로 붙잡으며 괴로워하지 말고 보낼 줄 알아야 할 것입니다.

스님은 우리가 참선하여 궁극적으로 나아갈 삶에 대해 말씀하셨습니다. 스님은 말하길 우리들의 목표는 풍부한 소유가 아니라 풍성한 존재라고 하셨습니다. 삶의 부피보다는 질을 중요하게 여기는 삶이야말로 사람다운 삶이라 하셨습니다. 법정 스님은 우리에게 채우려 하지 말고 비워 내라 하셨습니다. 그 빈 곳에서 진정함이 메아리친다 하셨습니다.

우리가 자신 안의 참 불성을 찾아가는 길, 그 구도의 궁극적 목표는 해탈일 것입니다. 그것은 물질과 정신, 밖과 안 모두에서 벗어나 자유

로워지는 일입니다. 법정 스님은 해탈에 대해 이르기를 심지어 우리
는 '자신의 종교에서까지 자유로워져야 한다'고 말씀하셨습니다. 우리
는 어느 하나에도 얽매이지 않고 텅 비어 있어야 한다고 하셨습니다.
스님은 이 비움에 대해 옳게 이르길 비움이란 아무것도 없는 것이 아
니라고 하셨습니다. 무슨 일을 하되 얽매이지 않는 의식이 비움이라
하셨습니다. 진리를 따르고자 종교를 믿기 시작하였다가 종교에 얽매
이게 됨은 자유와 진리의 길이 아니라 또다시 집착으로 향하는 일입
니다.

이 비움을 얻는 참선에 대해 법정 스님은 말씀하시길 "우리들 안에
불성이 있으니 따로 참선할 필요가 없다."고 하셨습니다. 다만 일시적
인 충동과 변덕·습관 등에 지배당하지 않기 위해서 자기 자신을 맑
게 들여다보는 훈련이 필요하다고 말씀하셨습니다. 이렇게 우리가 순
수하게 집중하고 몰입할 때 영성과 불성이 드러난다 하셨습니다.

비움, 이것은 어쩌면 삶의 틈새일지도 모릅니다. 우리는 공고한 삶
의 형태를 지탱하며 살아갑니다. 하지만 어느 한구석 빈틈없이 꽉 막
혀 채우기만 한다면, 그 삶의 형태는 지속적이지 못할 것입니다. 우리
는 삶의 틈새로부터 얻고 비우며 정화됩니다.

우리 옛 선조들은 감이 맛나게 익는 가을이 오면 감나무에 빠알간
감 몇 개는 까치 몫으로 남겨 두었습니다. 수확이 끝난 고향 마을 감

나무에 매달린 감 몇 개는 사람을 사람답게 만들어 주는 삶의 틈새요 자연스런 비움입니다.

　이렇게 비우고 비우는 참선이란 뜻밖의 곳에 있지 않으며 특별히 따로 몰입하고 집중하는 것이 아닙니다. 생활 속에서 자연스럽게 이루어지는 비움이야말로 자유로운 피안의 세계로 다가가는 지름길입니다.

내 안의 부처를 만나는 일 3천 배

한 달에 천 번씩 제사를 드려 목숨이 다하도록 쉬지 않아도 오로지 한 마음으로 법을
생각하는 잠깐 동안에 짓는 그 공덕만 못하니라.

「술천품(述千品)」

절이란 몸을 굽히며 머리를 바닥에 대는 것입니다. 머리를 바닥에
댄다는 것은 자신을 가장 낮추는 일인 동시에 자상의 만물을 우러러
보겠다는 의지가 수반된 행동일 것입니다. 통상적으로 보더라도 우리
가 누군가에게 절을 하는 것은 존경의 마음을 행동으로 나타내기 위
함입니다.

3천 배라는 것은 내 안의 부처를 일깨우려는 강력한 의지의 표상입
니다. 3천 배를 한 번 하고 나면 육체의 고통은 커질지라도 마음만은
평화롭다는 말을 불자들은 종종 합니다. 그것은 절을 하는 동안 마음
역시 성불에 몰입되기 때문일 것입니다.

도저히 3천 배를 할 자신이 없다면 예불 시간에 하는 짧은 절에서 느껴보시기 바랍니다. 처음에는 바라고 구하는 절로 시작했다 해도, 목탁 소리와 스님의 예불 소리를 듣다 보면 점점 비우고 낮추며 자신을 성찰하는 기도로 바뀌게 됩니다. 그리하여 절을 하고 난 뒤에는 좀 더 깨끗해진 마음, 평온해진 마음으로 불당을 나와 나약해진 자신의 중심을 회복하였음을 느끼며 집으로 돌아가게 될 것입니다.

성철 스님의 유명한 일화 중에는 특히 이 3천 배에 관한 이야기가 대중들에게 알려져 있습니다. 성철 스님께서는 자신을 만나려거든 모두 3천 배를 해야 한다고 말씀하셨습니다. 스님의 원칙에는 예외가 있을 수 없었고 그것은 역대 대통령에게도 마찬가지였습니다.

성철 스님이 해인사(海印寺)의 큰 스님으로 있을 때 구마고속도로 개통식에 참석하던 박정희 대통령이 해인사에 들렀습니다. 해인사 주지 스님은 성철 스님이 평소 기거하셨던 백련암(白蓮庵)으로 올라와 박 대통령에게 해인사를 소개해 줄 것을 부탁했습니다. 하지만 스님은 3천 배의 예외를 허락하지 않으셨습니다. 속세에서 의미가 있는 신분이나 부는 성철 스님에게 고려의 대상이 아니었습니다.

성철 스님의 3천 배 일화를 두고 사람들 사이에서는 많은 말들이 오고 갔습니다. 괴짜 스님이자 오만한 스님이라는 평가까지 있었습니다. 하지만 이것은 3천 배를 단순히 몸을 숙이는 동작으로만 해석한 오류이자 스님의 진의를 조금도 깨닫지 못한 어리석음일 것입니다.

성철 스님은 중생들에게 3천 배를 권하면서

"그대들이 오직 나를 보고자 하는 일념으로 3천 배를 하길 원치 않는다."

고 하셨습니다. 승려란 부처를 대신하여 중생들에게 이익 됨을 주는 사람인데 곰곰 생각해 보니 성철 스님은 자신은 그럴 만한 처지가 못 된다는 생각이 드셨다고 합니다. 그리하여 스님은 남을 위해 기도하는 3천 배를 중생들에게 유도하는 일이 결국 그들에게 이익 됨을 주는 일이라고 생각되어 3천 배를 권하는 것이라고 말씀하셨습니다. 스님이 자신을 만나고자 한 중생들에게 3천 배를 하도록 한 연유입니다.

성철 스님은 말씀하시길 3천 배란 처음에는 단순히 절하는 모양새로 시작하지만 끝까지 마치고 나면 분명 심경에 변화가 찾아온다 하셨습니다. 사람들이 절을 통해 그 무언가를 느끼면, 이제 그 사람은 자연히 스스로 절하게 됩니다. 그리고 절은 자신을 낮추는 절에서 남을 위하는 절로 바뀌게 되며, 이것은 다시 남을 위하는 삶으로 바뀐다고 하셨습니다.

절이라 하는 것은 마음을 집중하기 위한 가장 적극적인 행위입니다. 절을 통해 얻게 되는 것은 궁극적으로 내 안의 부처를 뵙는 일일 것입니다. 자신 안의 부처를 찾아낸 자는 결국 남을 위하는 것이 자신을 위하는 일임을 깨달을 것입니다. 모든 중생은 연결되어 있음을 알게 된 때문입니다.

피안의 세계에 도달하고 싶은 자는 자신의 마음을 평정시키고 집중하여 성불하여야 합니다. 이것은 끊임없는 몰입과 자기반성을 필요로 합니다. 이 모든 노력을 필두로 하여 나를 지우고 세계를 지워 오직 하나의 말씀에 도달해야 합니다.

성철 스님이 살아생전 3천 배를 권하신 까닭을 우리는 잘 생각해야 합니다. 성철 스님에게 좋은 말씀을 얻어 마음의 평안을 얻고자 했던 무리들에게 스님은 3천 배를 권유함으로써 평정을 구하는 일은 오직 그 자신만이 할 수 있음과 평정 가운데에 자신의 불성이 있다는 사실을 알려주신 것입니다.

비록 이 시대의 큰 스님은 떠나가셨지만 스님이 남긴 말씀을 잘 되새기면 바로 옆에서 그 말씀을 생생히 듣는 것과 같을 것이며, 3천 배를 수행함은 그 말씀을 바르게 실천하는 일이 될 것입니다.

7 해탈의 길

절속(絕俗)

금욕(禁慾)

천대(賤待)

하심(下心)

정진(精進)

고행(苦行)

예참(禮懺)

이타(利他)

절속(絕俗)

- 수도팔계(修道八戒) 1

사람에게는 네 가지 고독함이 있나니, 태어날 때는 혼자서 오고, 죽을 때도 혼자서 가며, 괴로움도 혼자서 받고, 윤회의 길도 혼자서 가는 것이니라.

〈근본설일체유부 비나야잡사〉

금욕(禁慾)
— 수도팔계(修道八戒) 2

　모든 중생은 갖가지 애정과 탐심과 음욕 때문에 생사에 윤회한다. 음욕은 애정을 일으키고 애정은 생사를 일으킨다. 음욕은 사랑에서 오고 생명은 음욕으로 생긴다. 음욕 때문에 마음에 맞거나 거스름이 생기고, 그 대상이 사랑하는 마음을 거스르면 미움과 질투를 일으켜 온갖 악업을 짓는다. 그러므로 중생이 생사의 괴로운 윤회에서 벗어나려면 먼저 탐욕을 끊고 애정의 갈증에서 벗어나야 한다.

〈원각경〉

천대(賤待)

– 수도팔계(修道八戒) 3

　만약 갖가지 수단으로 우리를 헐뜯더라도 그들을 해쳐서는 안 된다. 그들이 우리들을 비방한다고 하여 우리 역시 분노로 그들을 해치려 한다면 그것은 스스로 저들에게 지는 것이다. 또한 그들이 우리를 칭찬한다고 해서 기뻐하고 들떠서도 안 된다. 공연한 칭찬에 마음이 들뜨는 것도 우리 스스로가 저들에게 지는 것이니라.

〈장아함경〉

하심(下心)

− 수도팔계(修道八戒) 4

    수행자는 마땅히 마음을 단정히 하여 검소하고 진실해야 한다. 표주박 한 개와 누더기 한 벌이면 어디를 가나 걸릴 것이 없다. 부처님이 말씀하시기를 "마음이 똑바른 줄과 같아야 한다."고 했으며, "바른 마음이 곧 도량이다."라고 하셨다. 이 몸에 탐착하지 않는다면 어디를 가나 거리낄 게 없다.

〈선가귀감〉

정진(精進)
– 수도팔계(修道八戒) 5

구도심이 없는 이 삶은 뿌리 없는 나무와 같다. 또한 정진(수행)이 너무 느리면 사람을 게으르게 하고, 정진이 너무 급하면 이룰 수 없으니 이는 거문고를 탈 때에 그 줄을 너무 조이거나 늦추면 맑은 소리가 나오지 않는 것과 같다. 이 목숨은 무상하고 인생은 잠깐 사이이다. 부지런히 닦아 저 불멸의 곳으로 가자.

〈시가라위경〉

고행(苦行)

‒ 수도팔계(修道八戒) 6

메아리 울리는 바위굴로 염불당을 삼고 슬피 우는 오리새로 마음의 벗을 삼을지니라. 절하는 무릎이 얼음처럼 차갑더라도 따뜻한 것 구하는 생각이 없어야 하며 주린 창자가 끊어지는 것 같더라도 밥 구하는 생각을 갖지 말지니라. 인생, 어느덧 백 년, 어찌 닦지 않고 방일하는가.

〈발심수행장〉

예참(禮懺)

− 수도팔계(修道八戒) 7

　허물이 있거든 곧 참회하고, 그릇된 일이 있으면 부끄러워할 줄 아
는 데에 대장부의 기상이 있다. 허물을 고쳐 스스로 새롭게 되면 그
죄업도 참회하는 마음을 따라 사라질 것이다. 참회란 지은 허물을 뉘
우쳐 다시는 범하지 않겠다고 맹세하는 일이다. 부끄러워함은 안으로
자신을 꾸짖고 밖으로 허물을 드러내는 일이다. 사실 마음이란, 본래
비어 고요한 것이므로 죄업이 깃들 곳이 없다.

〈선가귀감〉

이타(利他)

— 수도팔계(修道八戒) 8

보살의 마음은 자비심이 근본이다. 자비심을 일으키면 한량없는 선행을 할 수 있다. 어떤 사람이 무엇이 모든 선행의 근본이냐고 물으면, 자비심이라고 대답하라. 자비심은 진실해서 헛되지 않고, 선한 행은 진실한 생각에서 나온다. 그러니 진실한 생각은 곧 자비심이며, 자비심은 부처님 마음이다.

<열반경>

무소유

초판 1쇄 발행   2024년 5월 20일
초판 3쇄 발행   2024년 7월 5일

지은이   김세중
펴낸이   김상철
발행처   스타북스
등록번호 제300-2006-00104호
주소   서울시 종로구 종로 19 르메이에르종로타운 B동 920호
전화   02) 735-1312
팩스   02) 735-5501
이메일   starbooks22@naver.com

ISBN   979-11-5795-736-1 03810

© 2024 Starbooks Inc.
Printed in Seoul, Korea